Ukraine 1973

Inhaltsverzeichnis

Udo Lenze

Ukraine 1973

Eine Urlaubs- und Studienreise

Copyright

ISBN: 978-3-8370-1668-0

© 2024 Udo Lenze
Verlag: BoD · Books on Demand GmbH, In de Tarpen 42, 22848 Norderstedt
Druck: Libri Plureos GmbH, Friedensallee 273, 22763 Hamburg

Udo Lenze

Autor, Kabarettist und Liedermacher, mit eigenem digitalen Musik und Videostudio. Er schrieb für den BR ca. 50 Kinderlieder, etliche Kurzgeschichte und zwei 13teilige Hörspielserien. Als Schauspieler war er tätig in der Kinder- und Jugendbühne OFF OFF in München, arbeitete als Ensemblemitglied im Theaterlabor München und zog 2000 nach Andalusien. Hier schrieb er viele Lieder, Meditationen und drehte viele Filme in diesen Bereichen. https://udolenze.org, https://youtube.com/udolenze

Ich widme dieses Buch meiner ehemaligen Kommilitonin und Freundin Franziska Eisenhofer, mit der ich diese spannende und aufregende Campingreise unternommen habe.

Vorwort

Eine Reise, dazu noch eine Campingreise, in Ostblockstaaten muss organisiert sein. Es darf keine unberücksichtigten Punkte beiden Vorbereitungen geben, besonders wenn man in sozialistische Länder fährt. Ein Risiko wird auf menschliches oder technisches Versagen beschränkt, der Zufall weitestgehend ausgeschaltet, wenn man den Hebel zum Ausschalten findet.

2.8.1973

Ich bin die Ruhe in Person, will sagen, ich war es bis zu diesem Morgen. In einer Ecke meines Zimmers türmen sich die Reiseutensilien. Zelt, Schlafsack, Koffer, Taschen ,das Nötigste für eine zweimonatige Reise.Das Reisefieber packte mich. Habe ich wirklich an alles gedacht? Unruhig lief ich durch den kleinen Raum. Ich war sicher, dass etwas fehlt. Aber was?

Ich kam nicht dazu, weitere Überlegungen an-zustellen. Ich vernahm die überaus sportliche Hupe eines VW-Käfers und rannte hinaus auf die Straße. Franziska eilte mir entgegen.

Sie trug eine lange schwarze Hose und eine karierte Kreppbluse. Mit federndem Schritt kam sie auf mich zu. Diesen Gang liebe ich an ihr, wie fast alles an ihr. Sie hat den geschmeidigen Gang einer Wildkatze. Ja, sie ist eine Wildkatze. Voller Gefühle, mit berechnendem Verstand. Unzähmbar. Franziska schien das Reisefieber ebenfalls gepackt zu haben. Sie hatte kaum Zeit für eine Begrüßung und überhäufte mich gleich mit Fragen.

„Hast du wirklich an alles gedacht? Hast du nichts vergessen?" fragte sie besorgt.

Ich nickte unsicher und reichte ihr meine Ge-päckstücke, die sie zu ihren Sachen legte.

„Wie ich dich kenne, hast du bestimmt nichts vergessen", neckte ich sie.

„Aber Udo, wie kannst du nur so was denken?", sagte sie voll auf meine ironische Bemerkung eingehend. Diese Ironie lag uns beiden scheinbar im Blut. Wir neckten uns oft auf diese Weise und hatten viel Spaß daran. Jeder verstand die Worte des anderen richtig. Jeder wusste auch, wann es ernst gemeint war.

Bis auf die Zähne, mit Zusatzversicherungen, Hauptversicherungen, Superscheinen, Impf- und Krankenscheinen bewaffnet, das Auto nach einem ausgeklügelten System bis auf die letzten Hohlräume bepackt, schob Franziska den ersten Gang ein.

Los geht es

Wir hatten etwa 300 Meter ohne nennenswerte Schwierigkeiten überwunden,als sich im Fahrzeug ein penetranter Benzingeruch breit machte. Dank Franziskas Pflege hatte sich der VW gut gehalten und sollte dieses nach unseren Berechnungen auch auf den nächsten 10.000 Kilometern tun. Da stand dieser liebe Käfer schon jetzt nach 400 Metern nach Antritt der Reise und stank still vor sich hin.

Gespannt öffnete ich die Kofferraumhaube. Unsere Befürchtungen wurden nicht enttäuscht. Aus dem kleineren Verschluss des Ersatzkanisters floss ein Bächlein Benzin.

Unser Zelt hatte diese Flüssigkeit bis zum letzten Tropfen aufgesaugt.

„Verflixt und zugenäht! Da steht uns eine Fahrt in ungeahnter Duftfülle bevor," sagte ich schwitzend. Ich legte das Zelt und den Kanister in sicheren Positionen. In der Hoffnung, dass alles einmal verfliegt, setzten wir unsere Fahrt an diesem herrlich regnerischen Urlaubstag fort. Unser vorher gut ausgeklügelter Zeitplan klappte ausgezeichnet. Wir erreichten München genau zur Verkehrsspitzenzeit. Das durfte nicht so weitergehen. Wir hatten 5 Tage eingeplant, Österreich,Ungarn und Rumänien zu durchfahren, um am 7. August pünktlich an der sowjetischen Grenze zu sein, waren aber nicht gewillt, 5 volle Tage mit Verkehrsschwierigkeiten zu kämpfen. Gegen Mittag lichtete sich die düstere Wolkendecke und machte einer strahlende Sonne Platz, die auf uns

und das Zelt, das wir auf einem Rastplatz zum Lüften ausbreiteten, hatten.

„Hast du etwas Parfüm?", fragte ich Franziska.

„Ei, du möchtest dich parfümieren?", fragte sie mit gespielter Überraschung.

„Nein, wir könnten aber etwas von diesem lieblich duftendem Nass nehmen, um den Benzingestank zu überdecken."

Franziska holte eine größere Flasche. Ich fand, dass es gerade gut genug war für unser Zelt.

Der Geruch wurde weniger beißend, wenn er auch nicht an Intensität verlor.

Es war Mittagszeit und wir legten uns auf eine Decke in die Sonne. Rechten Appetit konnte ich nicht entwickeln. Ich streckte mich gerade wohlig aus, als ich einen Schmerzensschrei vernahm. Franziska kam hinkend zur Decke. Sie war mit den Schuhen bei der Böschung umgeknickt. Sollte unsere Fahrt schon zu Ende sein?

„Zeig mal her", bat ich sie. „Tut es sehr weh?" „Nicht so schlimm", entgegnete sie und versuchte den Fuß in verschiedene Richtungen zu drehen.

„Ich kann ihn nicht nach außen bewegen", stöhnte sie. Ich holte aus dem Wagen die Autoapotheke. Anscheinend war es doch nicht so schlimm, wie ich befürchtet hatte. Wenn sie vorsichtig auftrat, hatte sie keine Schmerzen. Sie ließ jedoch vorsichtshalber einen Latex-Verband anlegen. Ich übernahm das Steuer. Das Fahren auf der Autobahn machte uns müde und wir wurden ihrer bald überdrüssig.

„Wollen wir nicht den Weg fahren, den mein Vater uns vorgeschlagen hat?", fragte mich Franziska. Ich war gleich dabei. Ich habe eine besondere Vorliebe für schöne Landschaften und schwelge in ihnen wie andere in einem bequemen Sessel.

Durch eine wunderschöne Landschaft, entlang der Traun, vergaßen wir fast die Zeit.

„Bei dem Tempo kommen wir heute nie nach Wien!", bemerkte Franziska.

„Ja, du hast recht", entgegnete ich. Wir schoben uns bei Linz erneut auf die Autobahn.

Dabei verließ mich kurzweilig mein Orientierungssinn. Doch als Meister der Geländekunde schaffte ich es leicht, als ich mich vergewissert hatte, dass wir die letzte Ortschaft schon zum dritten Mal durchkreuzten. Einen Kompass hatten wir für alle Fälle dabei.

Freunde hatten es nicht versäumt, uns auf die Attraktionen Wiens hinzuweisen. Außerhalb Wiens, in der Nähe Grinzings, fanden wir für 230 Schilling eine Pension. Wir begaben uns nach Grinzing, weltweit berüchtigt für seine Weine und Schrammelmusik.

Beim Verlassen unseres Autos hatten wir die wichtigsten Wertgegenstände immer dabei. Es begleiteten uns ständig unsere Traveller Checks, Kleingeld und alle wichtigen Dokumente. Zu diesem Zweck trug ich eine Umhängetasche, die ich einst in Spanien erworben hatte. Franziskas Schätze waren in ihrer weißen, oder besser, einst weißen Tasche, in unzähligen Fächern wohl geordnet verborgen. Sie ist scheinbar schon mit Ordnungsneigung auf die Welt gekommen.

In den Gassen Grinzings ertönte aus den Weingärten Musik und lockte uns an. Wir machten einen Bummel durch verschiedene Weingärten und konnten uns kaum entscheiden, in einem zu bleiben. Zwei Schrammler standen vor einem Tisch und begrüßten die Gäste mit Musik.

Wir bestellten zwei Schoppen Wein, Salat und Brot mit einem Stück Schweinefleisch.Eine Spezialität des Hauses. Fast jeder hatte so ein Schweinebrot vor sich stehen. Das Brot, die Umgebung, Wein und Musik wirkten auf uns, die Gemütlichkeit und ein Stück Zeit, das langsamer schlug, als die Zeit vor dem Lokaleingang.

„Schaue dir diese Gemütlichkeit an", sagte ich andächtig. "Die Leute haben hier mehr Zeit als bei uns." „Dafür sind die Wiener doch bekannt", entgegnete Franziska und machte die Wiener Mundart nach: „Jawohl Herr Professor … Küss die Hand …"

Wir wechselten das Lokal. An einem Brunnen empfing uns mit anbrechender Dunkelheit der nächste Weingarten. Die Bänke wurden von bunten Lampen beleuchtet. Viele junge Leute saßen hier. Wir bestellten einen herben Wein, stellten unsere Taschen ab und beobachteten das muntere Treiben. Uns gegenüber saß ein junger Mann. Er brachte ununterbrochene Spitzfindigkeiten, Scherze und Bemerkungen über seine Lippen.

Mit zunehmendem Alkoholspiegel stieg auch sein Tonfall und er wurde langsam politisch, klärte uns über die bevorstehenden Bürgermeisterwahlen in Wien auf. Es war mittlerweile stockdunkel geworden. Ich schaute auf meine Taschenuhr.

„Was? Erst 8 Uhr? Das kann doch nicht stim-men. Schaue du doch mal auf deine Uhr", bat ich Franziska.

„Ja, es stimmt. Es ist 8 Uhr. Es wird wohl an der geografischen Verschiebung liegen, dass es hier schneller dunkel wird als in München.

Es trat eine Pause ein. Ich schaute Franziska nachdenklich an. Jetzt realisierte ich, dass wir auf der Reise waren. Mit steigendem Alkoholspiegel fiel mir auf, dass ich mit einer tollen Frau auf der Reise war – einer Frau, die ich sehr schätzte.

3.8.1973

Der seltsam16e Lkw
Ein Schnellfotoautomat
In Lenins Namen...

Wir hatten uns vorgenommen, einen Tag in Wien zu verbringen und am Nachmittag in Richtung Ungarn weiterzufahren.

„Ich bin dafür, dass wir uns so wenig Sehenswürdigkeiten wie möglich anschauen. Die paar Stunden will ich nicht in Kirchen und Museen verbringen", sagte ich entschlossen.

„Eine gute Idee", bestätigte Franziska. „Wir machen keine Bildungsfahrt, sondern Urlaub. Es wäre auch nicht möglich, an einem Vormittag Wien kennenzulernen."

Wir konnten es uns jedoch nicht verkneifen, den Stephansdom zu besuchen. Auf der Suche nach einem Parkplatz erweiterten wir unsere österreichischen Sprachkenntnisse um zwei weitere Worte: Remise = Weggabelung und Abgang = Unterführung. Eine Straßenbahn brachte uns direkt zum Prater. Ich hatte meine Kamera mitgenommen und schoss nun mit der Revue S6 auf das Monstrum eines Riesenrades. Wir schrieben Ansichtskarten und unterrichteten unsere Verwandtschaft und Freunde über unser Wohlsein.

Wir saßen wieder im Auto. 25 km trennten uns schon von Wien und 40 km von der ungarischen Grenze.

„Hast du Passfotos für das Transitvisum?", fragte Franziska.

„Du lieber Himmel, nein. Das habe ich vergessen." Ich hatte völlig übersehen, dass zu einem Transitvisum auch ein Foto gehört.

„Wir können besser von hier aus nach Wien zurückfahren als von der Grenze", bemerkte Franziska.

„Ja, das stimmt. Aber lass uns noch die nächste Ortschaft Bruck abwarten. Vielleicht gibt es dort einen Schnellfotoautomaten."

Wir fuhren weiter Richtung Ungarn. Ein süßlicher Gestank drang in meine Nase. Ich schaute aus dem Fenster, um den Grund in Industrien zu finden. Aber ich sah nur graue Häuser. Vor uns befanden sich einige Autos, die sich bemühten, einen Lkw zu überholen. Der Gestank blieb und steigerte sich noch. Er wurde fast unerträglich. Als wir zum Laster vorrückten, sah ich hinter der vom Fahrtwind stark bewegten Lkw-Plane die Abfälle aus einem Schlachthaus aufgetürmt. Der Wagen war vollgepackt mit stinkendem Kadaver, Eingeweiden, deren bessere Hälften auf Tischen als duftender Braten standen. Ich dachte nicht an die Braten. Ich sah dieses stinkende Rosa vor meinen Augen, hielt die Luft an und holte aus unserem „Herby" das Letzte heraus und überholte mit Brechreizen glücklich diesen Leichenwagen. Vorbei war der Gestank und vor uns lag Bruck mit der Hoffnung auf ein Schnellfoto.

Wir hielten neben einem Passanten. Ja, es gab einen Automaten im Bahnhof. Es war ein kleiner Bahnhof. Umso mehr war ich erstaunt über den regen Verkehr hier. Der Grund dafür war der Fotoautomat. Eine Schlange hatte sich gebildet und ein Blitz nach dem anderen ließ die Beine der darin befindlichen Menschen aufleuchten. Es entstand Unruhe. Man wartete vergeblich auf Fotos. Der Elektromotor sei heißgelaufen, erklärte der „Automatenpfleger".

Er versprach uns eine Stunde Wartezeit. Das Relais würde den Motor dann automatisch wieder einschalten. Es gäbe im Ort auch einen Fotografen, erklärte er müde. 4 Fotos, 6 DM. Wir fuhren hin. Ich bezahlte 6 DM und der Weg nach Ungarn war frei.

Und da war wieder das unangenehme Gefühl beim Grenzübertritt. Wir hatten schließlich was zu verbergen. Rubel, in Deutschland eingekauft, befanden sich in wohliger Wärme an Franziskas Körper. Bitte keine Leibesvisitation! Um 15 Uhr hatten wir die Grenze erreicht. Ungarische Grenzer gaben uns freundlich einen Begrüßungszettel mit Hinweisen und einer Registrier-nummer. Den Zettel gaben wir nun mit Fotos, Pässen und unserer Zuversicht am Schalter Nr. 1 ab. Ich schaute mich etwas um. Hier gab es auch einen Schnellfotoautomaten. Ich sah ihn deutlich vor mir. Mit großen Buchstaben stand geschrieben: Apparat außer Betrieb. Wie alt war dieses Plakat wohl? Organisation ist alles. Wir begaben uns zurück zum Auto. Wir hatten es auf einem großen Parkplatz, den wir mit unzähligen Autos teilten, abstellen müssen.

„Achtung, Achtung! Die folgenden Personen werden gebeten, sich mit ihren Fahrzeugen an der Grenze einzufinden: Herr Lehmann … Frau Dircvalski … Herr Schmall … "

Wir waren natürlich nicht darunter. Jede dreiviertel Stunde erschallte diese verzerrte weibliche Stimme aus den Lautsprechern über den ganzen Platz. Wir lauschten andächtig und gespannt, um unsere Namen zu hören.

„Warten wir noch ein Stündchen, warten wir noch ein Stündchen!" sang Franziska. Ein lustiges Lied, der Situation angepasst. Sie nahm mich in den Arm und zog mich auf eine Sitzgelegenheit im Schatten. Ich rauchte schon meine dritte Pfeife.

„Achtung, Achtung. Herr Chaunin … Herr Lenze, Fräulein Eisenhofer … werden gebeten … "

Die Kontrollstelle erwies sich nur als Formalität. Ich klappte die Kofferraumhaube auf und wieder zu, gestattete dem Beamten einen Blick auf die Pässe. Dann empfahlen wir uns in „Lenins" Namen. Wir fuhren bis zum Einbruch der Dunkelheit. Der Beifahrer hatte während der Fahrt die ehrenvolle Aufgabe, den Fahrer in wilde Vermutungen zu stürzen.

„Was meinst du, wie viele Einwohner diese Stadt hat?", fragte mich Franziska, aus der Routenkarte der ADAC vorlesend.

„2000?", fragte ich gelangweilt.

"Sie hat 3625 Einwohner. Sie bietet dem Urlauber wenig Gelegenheiten für einen Urlaubsaufenthalt. Doch sollte man nicht an der alten Kirche, gebaut im Jahre 1471 von „Vekor dem Kleinen" ungeachtet vorüberfahren."

Wir erreichten Tata. Eine kleine Stadt. Es wurde dunkel und wir hielten nach einem Hotel Ausschau. Ein kleiner Seitenweg führte uns, links von der Hauptstraße gelegen, zu einem 200 Meter in der Dunkelheit liegenden Gebäude. Die großen Fenster und der Baustil wiesen auf ein altes Herrenhaus hin.

Wir gaben unsere Pässe ab und bekamen ein Zimmer zugewiesen. Der Raum war schmal und hoch. Die Betten standen hintereinander. Der Raum war sehr sauber. Wir machten aus, wer wo schläft, erfrischten uns und gingen zu dem vor dem Hotel gelegenen Platz. Er war von Wald und Rasen umgeben. Drei Tische waren besetzt. An zwei Tischen unterhielt sich angeregt eine Gruppe Ungarn. Der dritte Tisch wurde von einem Ehepaar aus Duisburg besiedelt. Der Herr, ein Managertyp, lud uns zu sich und seiner Frau ein. Das war auf die Dauer gesehen sehr anstrengend. Er hatte sich in dieser Weinrunde vorgenommen, uns vor dem Leben zu warnen und uns gute Ratschläge auf dem langen Weg der Ehe zu geben. Ein amüsanter Abend. Wir begaben uns bald zu Bett. Nach einer aufregenden Kissenschlacht legten wir uns Fuß an Fuß schlafen.

4.8.1973

Morgenmusik

Ferfi-Taufe

Ich wachte durch das Gurren der Tauben auf. Ein Geräusch, welches uns durch alle sozialistischen Länder folgte. Verschlafen blinzelte ich zu Franziska. Vielleicht spürte sie meine Blicke. Ein paar mal wälzte sie sich hin und her und erwachte ebenfalls.

"Guten Morgen", sagte ich verschlafen und grinste sie hinter einer Wand aus Kissen an.

„Guten Morgen", erwiderte sie und räkelte sich und streckte alle viere von sich, um den Schlaf abzuschütteln.

Die Uhr zeigte erst 7 Uhr, und das war eigentlich nicht meine Zeit aufzustehen. Hinter dem Haus befand sich ein Schwimmbad. Wir nahmen ein kühles Bad, welches abgesehen vom Chlor eine Wohltat war. Wir streiften ein wenig durch den Park. Alte Bäume, bepackt mit leuchtenden Blättern und scheinbar verkehrt gewachsenen, verrunzelten Ästen, verdeckten teilweise den Himmel. Man spürte die Ruhe und Geborgenheit in dieser Stille.
Vor unseren Augen erschien eine Freilichtbühne, umgeben von Laubbäumen und dem Zwitschern der Vögel in ihnen. Wieder ein Haus. Es besaß die gleiche gelb-orange-farbene Tönung wie das Herrenhaus, in dem wir geschlafen hatten.

Verlassen lag es unter den Bäumen. Putz bröckelte von den Wänden. Dann hörten wir aus den oberen Stockwerken klassische Musik.

Wir stießen auf einen kleinen See. Er lag friedlich inmitten dieser wunderbaren, stillen Landschaft. Vier Boote lagen reglos auf dem See. Fischer warteten geduldig auf ihren Fang. Wir setzten uns am Rande des Sees.

„Ein wunderschöner Ort, nicht wahr?", flüsterte Franziska.

„Ja, ich würde hier gerne länger bleiben", erwiderte ich und hatte das Gefühl, als kenne ich Franziska schon Jahre und wir seien seit Jahren unterwegs.

Doch wir mussten weiter. Man erwartete uns am 7. an der sowjetischen Grenze. Budapest, die alte quirlende Stadt, sog uns auf. Wir waren nicht mehr als zwei kleine Punkte auf vier Rädern in einem Großstadtgetriebe. Diese zwei kleinen Punkte saßen nun auf der Margit-Insel, die sich kilometerweit in der Donau erstreckte. Wir aßen ein ungarisches Mahl und bezahlten in harter ungarischer Währung.

Beim Verlassen der Insel fiel mein Blick auf eine Bedürfnisanstalt. Ich verspürte ein echtes Bedürf-nis, Franziska nicht minder.

Dieser Besuch hatte für mich weitreichende Folgen.

Vor den Eingangstüren stand das Wort „Ferfi" für Mann und das Wort „Nöi" für Frau. Ferfi ... dieses Wort hatte es Franziska angetan. „Du bist ein Ferfi", rief sie lachend. Du blöder Ferfi du, du dummer Ferfi du, du kleiner Ferfi du ... um sie von dieser Wahnsinnsidee abzubringen, war ich versucht, ihre zärtlichen Beschimpfungen durch Gleiches zu stoppen. Nöi! Nein, das Wort ging mir nicht über die Lip-pen: Ich nahm lieber meinen alten Kosenamen für Franziska: Sissi.

„Fortan sollst du Sissi heißen!", rief ich ihr ins Gesicht und hätte sie am liebsten auch dorthin geküsst. „Fortan sei dein Name Ferfi", lachte sie. Sie lachte immer so frei und herzlich und regte mich meistens dazu an, meine Lippen zu einem Lächeln zu kräuseln. Bei dem Namen blieb es dann auch. Ferfi. Ferfi mit allen nur erdenklichen Adjektiven.

Nach vergeblichen Versuchen eine ungarische Salami käuflich zu erwerben, drehten wir Budapest den Rücken. Weiter ging es zur rumänischen Grenze. Unser Weg führte uns auf Umwegen nach Szolnok. Wir versuchten einfach einmal eine Straße querfeldein zu nehmen, doch die stellte sich als Sackgasse heraus. Sie endete in einer kleinen Ortschaft. Der Mittelpunkt der Ortschaft wurde von einer kleinen zerfallenen Kapelle gebildet. Sie ließ sich auf einem Sandweg umgehen.

Hinter einem Zaun war gerade ein junger Mann dabei, in einer kleinen Wanne stehend, sich die Haare und den Oberkörper zu waschen. Wir gingen weiter um die Kapelle herum und stellten fest, dass sie zwei Eingänge hatte. Der erste war verschlossen, der zweite Eingang war jedoch offen. Wir traten ein. Die Wände waren weiß getüncht und ein kleiner mit Blumen geschmückter Tisch diente als Altar. Eine Kanzel fehlte nicht. Und das Grandiose an der Kanzel war eine Verstärkeranlage. Zwei Boxen hingen von den Wänden.

Wofür man in einem so kleinen Raum eine Lautsprecheranlage brauchte, weiß ich beim bestem Willen nicht. Von der Kanzel bis zur hintersten Ecke der Kapelle war es höchsten 7 Meter. Der technische Fortschritt hatte diese Neuerung wohl nötig gemacht. Als wir aus der Kapelle kamen, stoben ein paar Leute auseinander, die uns bis zum Eingang gefolgt waren und misstrauisch beobachteten, was wir dort zu suchen hatten.

Sissi bewaffnete sich mit einem Fotoapparat, um einen dieser typischen Hebelbrunnen, den sie ent-deckt hatte, zu fotografieren. Er stand hinter einem verwahrlosten Stall. Ein paar Hühner rannten gackernd vor uns davon. Ein Hund steigerte sich hinter dem Haus in wütendes Gekläff. Wir passierten die Ecke und trauten dem fast nicht, was wir da sahen.

Da liefen die zehn Kinder, schmutzig, mit zerrissenen Kleidern, zwei Männer saßen auf Schemeln und eine Frau stand mit einem vorsintflutlichen Kinderwagen im Eingang dieser Scheune. Der Lehmboden auf dem Hof war festgetreten und staubig hell. Man starrte uns verständnislos an. Verlegen und überrascht standen wir da und starrten zurück. Sissi war sichtlich berührt, die häusliche Gemeinschaft gestört zu haben.

„Nun mach schon ein Foto. Sie werden bes-timmt nichts dagegen haben", raunte ich ihr zu.

„Nein, Udo." In der Aufregung hatte sie völlig vergessen, mich Ferfi zu nennen. Ich lächelte die Gesellschaft an und deutete auf den Brunnen. Man verstand nicht. Man starrte nur. Der Hund war außer Rand und Band. Die Kinder näherten sich vorsichtig. Sissi fotografierte.

„Sollen wir den Kindern nicht etwas Schoko-lade schenken?", frage Sissi immer noch verlegen.

Gut. Ich holte den Wagen, fuhr vor das Haus, das man auf unsere Verhältnisse bezogen nur Hütte nennen kann. Man erwartete mich bereits. Da stand Sissi mit der ganzen Kinderschar. Ein Mann hatte das kleinste Kind, ein Mädchen, an die Hand genommen und stand, wie ein Beschützer und Aufseher zugleich, abseits.

Sissi holte Bonbons und gab sie den Kindern, die gleich damit fortrannten. Die Kleinste erhielt Schokolade. Sie starrte Sissi mit großen, ängstlichen, ausdrucksvollen Augen an und schenkte ihr ein schüchternes Lächeln. Ein schönes Geschenk für Sissi.

In Szolnok empfing uns das Palasthotel mit geschäftigem Treiben. Auch dieses Gebäude schien zu anderen Zeiten eine schlossähnliche Residenz gewesen zu sein. Die Betten standen wieder hintereinander ...

5.8.1973
Rumänien

Die Wartezeit an der Grenze betrug nur eineinhalb Stunden und Rumäniens Tore öffneten sich. Schlagartig änderte sich das Landschaftsbild. Die Landschaft Ungarns, die verwahrlosten Häuser, mit jedem Quadratzentimeter genutzter Fläche, machte dem Lächeln der Bevölkerung, Blumen und verzierten Häusern Platz.

Seichte Hügel, die uns an die Voralpenlandschaft erinnerten, zogen unendlich weit am Horizont dahin. Mit Blumen geschmückte Häuser aus Holz oder blassblauem Stein strahlten angenehme Wärme aus. Sie vertrieb unsere letzten traurigen Erinnerungen an Ungarn. Alte Leute saßen lächelnd vor ihren Häusern, und Kinder winkten uns nach.

Durch eindeutige Zeichen gaben sie uns zu verstehen, dass sie rauchen wollten. Bitte eine Zi-garette.

Menschen zu Fuß und zu Pferde, Ochsen-fuhrwerke und Karren gaben sich unter der Sonne ein Stelldichein. Männer begegneten uns mit schwarzen Hüten und weißen Trachtenanzügen. Ihre Gesichter waren vom Wetter und der Sonne gegerbt und braun gebrannt. Ein junges Fohlen stelzte unbeholfen auf der Straße und hatte keine Augen für Autos oder andere Dinge, die sich auf der Straße bewegten.

Wir waren beeindruckt von der Begegnung mit der Natur und der Urwüchsigkeit eines fremden Volkes. Es waren keine Anzeichen von Hast zu bemerken, kein Absterben zwischenmenschlicher Beziehungen, wie bei uns in den Großstädten, keine Schornsteine verpesteten die Luft um uns. Silberne Kuppeln erhoben sich über kleine Kapellen.

Auf der rechten Seite entdeckten wir einen Fluss, der sich entlang der Straße seinen Weg bahnte. Das von der Straße abgewandte Ufer ging steil bergan. Zwischen der Straße und dem Fluss erstreckte sich eine Weidefläche, auf der einige Zelte standen, umgeben von lärmenden Kindern.

„Wollen wir ein Picknick machen?", fragte ich Sissi.

Ich hätte gar nicht fragen brauchen. Wir machten zum ersten Mal Gebrauch von unserer Campingausrüstung. Der Tisch und die Klappstühle standen bereit.

Eine Wurst, besser gesagt ein Wurstkompromiss, wir hatten in Budapest eine Wurst gekauft, die weder eine Salami noch etwas Ähnliches war. Brot und Wein waren zur Hand. Wir beglückwünschten uns zu diesem Platz und prosteten uns zu. Ein kleines Stück Frieden.

Der Bach zog mit sandgelbem Wasser eilig an uns vorbei. Frisbee und ein Holztennisspiel wurden der Beweis unserer Sportlichkeit, bei dem ich oft den Ball aus dem Wasser fischen musste. Ich wünschte Sissi mehr Zielbewusstsein.

Die Sonne verschwand hinter den Hügeln und wir saßen schon wieder im Auto, um vor Anbruch der Dunkelheit, noch Cluj zu erreichen. Cluj bot für uns ein schier unfassbares Bild. Wir erwarteten eine ruhige Stadt, den Vorstellungen anderer Großstädte des Ostblockes angepasst. Wir aber waren in ein zuckendes Meer von Leuchtreklamen geraten. Transparente mit Zeitschaltungen und wechselnden Farben konkurrierten mit Trickschaltungen und wechselnden Texten. Sankt Pauli bei Nacht kam mir in den Sinn. Wir begannen mit der Hotelsuche. Während Sissi ein Hotel anfragte, parkte ich den Wagen und wartete auf ihre Rückkehr. Ein älterer Herr trat auf mich zu.

„Guten Abend, Sie kommen aus Deutschland?"

„Ja, aus München."

„Man trifft selten jemanden hier. Meine Frau war Deutsche. Sie war Lehrerin an der Universität."

Er erzählte mir, dass sie vor zwei Jahren verstorben war. Er fragte nach deutschen Zeitungen und Journalen. Nein, ich hatte keine Zeitungen.

„Ich suche mit meiner Freundin ein Hotel", erklärte ich ihm.

„Ich kenne ein Hotel. Ich kann es Ihnen zeigen."

Sissi kam zurück. „Wir können noch zwei Einzelzimmer bekommen", sagte sie.

Herr Bocianu Vasill stellte sich vor. Er führte uns zu dem von ihm erwähnten Hotel. Als wir es erreichten, zeigte er mit dem Finger auf das gegenübeliegende Haus. Dort wohnte er.

Durch eine Toreinfahrt kamen wir zur Rezeption des Hotels.Es war günstig und wir sagten zu. Sissi und Herr Vasill holten das Auto, und ich erledigte unterdessen die Formalitäten. Viele junge Menschen gingen ein und aus. Es waren darunter sehr viele Soldaten mit ihren Mädchen. Eigentlich komisch. Ein Landser im Hotel? Waren wir in einer Absteige, einem Stundenhotel gelandet?

Meine Vorstellungen gewannen mehr und mehr an Klarheit. Ich wartete. Sissi und Herr Vasill kehrten zurück.

"Kommen Sie doch etwas zu mir", lud uns Herr Vasill ein. Er schwitzte.

„Trinken Sie einen Wein mit mir und ich erzähle Ihnen von meiner Frau. Sie war Doktorin und lehrte an der Universität."

Durch das seltsame Gebaren des Herrn Vasill, der uns unbedingt in seine Wohnung zerren wollte und der noch seltsameren Umgebung, war ich stark verunsichert. Wir wollten uns nicht herumschleppen lassen. Doch Herr Vasill rückte nicht mehr von unserer Seite. Andererseits war ich auch neugierig, wie es in seiner Wohnung aussah, wie er dort lebte.

Durch den Innenhof schleppten wir unser Gepäck ins Zimmer. Da war auch wieder dieser freundliche Herr, der uns schon an der Rezeption begrüßt hatte. Er nahm mir trotz Sträuben das Gepäck aus der Hand und begleitete uns damit auf das Zim-mer. Komisch. Er hatte mein Gepäck genommen, nicht das von Sissi. Sie musste weiter schleppen. Die Betten standen hintereinander …

Der Raum war hoch und ungemütlich, un-sauber und kalt. Eine Terrine Trinkwasser stand auf dem Tisch. Alte graue Decken lagen zusammen gefaltet mit weißen Laken auf den Betten. Das Fenster war mit schmutzigen, gestreiften Matratzenstoffen behangen. Der freundliche Herr wartete.

Ich möchte meiner Frau einen Schirm kaufen", druckste er endlich heraus." „Das können wir nur in Valutageschäften. Haben Sie deutsches Geld? Ich gebe Ihnen Lei. Sein Deutsch war recht gebrochen.

„Wir können Ihnen nichts geben, wir haben nur Reiseschecks", sagte Sissi hilflos und nicht ohne Ärger ob der starken Bedrängung.

„Komm, lass uns ihm etwas geben. Das ist ein armes Schwein. Wir tauschen an der Grenze zurück", töne ich optimistisch. Ich hatte keine Ahnung.

Sissi war überredet und holte einen Hundertmarkschein aus der Tasche. Der Herr gab uns 700 Lei und war gleich verschwunden. Sissi lief rot an und machte mir, zurecht, die größten Vorwürfe, wenn sie zu diesem Zeitpunkt auch noch unkonkret waren.

„Das dürfen wir doch nicht machen, Udo, das weißt du ganz genau."

Ich merkte, dass ich einen Fehler gemacht hatte, und mir wurde es mulmig. Sissi schwieg.Herr Vasill erwartete uns immer noch schwitzend an der Rezeption. Er hatte geduldig gewartet und war keinen Zoll gewichen.

Sissi hatte einen Einfall: „Sie haben uns sehr geholfen. Danke sehr. Wir möchten Sie auf ein Glas Wein einladen. Nein, nicht bei Ihnen. „Wir gehen in ein nettes Restaurant und trinken dort einen Wein", betonte sie nachdrücklich.

Herr Vasill war nicht zu bewegen. Wein hatte er zu Hause.

Wir erklommen in seinem Haus eine Treppe nach der anderen und gelangten schließlich vor seiner Tür an.

„Hier wohne ich mit meinem Sohn. Ein Student wohnt auch hier. Er zahlt monatlich achtzig Lei. Er hat es gut bei uns", erklärte er eifrig.

Die Wohnung hatte einmal ganz ihm gehört. Als seine Frau starb, musste er mit ihr auch die Rechte der Doktorin auf Alleinanspruch der Wohnung abtreten. Seine Rente betrug umgerechnet ungefähr 100 DM. Herr Vasill fragte immer wieder nach den Verdiensten in der BRD und brach in lautes Stauen aus, das auch dann nicht aufhörte, als wir ihm erklärten, dass die Verdienste relativ zu sehen seien.

Seine Wohnung war karg eingerichtet. Ein kahler Tisch stand in der Mitte des Zimmers, um ihn herum vier klapprige Stühle. Ein riesiger alter Kohleherd stand stumm in der linken Hälfte des Zimmers. Über einem Sofa hing das Bild seiner Frau. Sie muss damals noch sehr jung gewesen sein. Stolz führte er uns seinen Kühlschrank vor. Da begriff ich, dass solche Gegenstände für die Menschen Luxusgegenstände waren, auf die sie stolz, sehr stolz waren.

Er führte uns in das Zimmer des Studenten. Das Zimmer mochte ca. sechs qm haben und an den rot gestrichenen Wänden waren etliche Schönheiten fotografisch festgehalten. Durch den Wohnraum hindurch gelangten wir zum Zimmer seiner Frau. Unberührt lag es im angrenzenden Raum. Hier erinnerte alles an einen einstigen bescheidenen Luxus.

Herr Vasill zeigte uns stolz eine Sammlung deutscher Bücher. Wir gingen in die Wohnstube zurück. Nebenan hörten wir Geräusche.

„Mein Sohn und seine Frau", erläuterte er uns lächelnd. „Sie werden gleich kommen."

Er bewirtete uns mit trockenen Keksen und einem scharfen Schnaps. Es war für ihn bestimmt ein Fest. Die Tür zum Baderaum öffnete sich und ein kleiner, blasser, ernst dreinblickender junger Mann verbeugte sich vor Sissi und gab ihr demütig einen Handkuss. Mit einer würdigen Verbeugung gab er mir auch die Hand.

Seine Frau kam ins Zimmer. Ihre Haare waren schwarz, nass und hingen ihr auf der Schulter. Stumm gab sie uns die Hand. Wir setzten uns wieder. Das Ehepaar schwieg. Herr Vasill schwitzte. Da bei einer solch „regen Konversation" kaum jemand zu Worte kam, drängten wir bald zum Aufbruch. Der Abschied verlief ebenso demütig wie die Begrüßung.

Erleichtert atmete ich auf, als die Tür hinter uns zuschnappte. Ich hatte den fast unwider-stehlichen Drang, die Treppe hinunterzustürmen. Ich benötigte dringend frische Luft. Der Raum mit so viel Vergangenheit hatte mir fast den Atem genommen. Einsam lebte dort oben ein Mensch und zehrte noch ein wenig von der Vergangenheit, die er zu sich nahm wie das tägliche Brot.

Sissi schwieg. Sie schwieg den ganzen Abend. Schweigend begaben wir uns in unser Zimmer. Im gegenüberliegenden Zimmer kreischten Frauen, als krabbelte ihnen Ungeziefer unter den Röcken. Ich hatte ein dringendes Bedürfnis zu erledigen und ging dem Geruch nach. Es brannte aber kein Licht in der Höhle und ich verzichtete lieber darauf, wenn es auch schwerfiel. Unverrichteter Dinge kehrte ich ins Zimmer zurück.

Schweigend legten wir uns schlafen. Die Stille wurde nur durch unser Atmen und leises Knarren der Betten unterbrochen. Ich lag noch lange wach. Wie von weit her hörte ich manchmal die Brunftschreie der Männchen und das Frohlocken der Weibchen aus den anderen Zimmern.

Ich konnte nicht mehr denken...

6.8.1973

Milch im Stehausschank
Das glücklichste Liebespaar

Noch oft wachte ich in der Nacht auf und war früh wieder auf den Beinen. Sissis Ärger und meine Betretenheit über ihr Schweigen waren verraucht und machten dem neuen Tag Platz. Eilig packten wir unsere Siebensachen und verließen auf schnellstem Weg diese Örtlichkeit. Frühstück gab es nicht. Bevor wir hier gefrühstückt hätten, wären wir lieber einen ganzen Tag ohne Essen geblieben. Um 7 Uhr in der Früh machten wir uns auf den Weg.

Auf den Straßen war schon reges Treiben. Durch die Zeitverschiebung war hier der Tagesablauf schon voll im Gang. Die Geschäfte öffneten schon um 7 Uhr. Wir gingen an einem Geschäft vorbei. Dort wurde Milch verkauft. Wie wir bei uns in München den Stehausschank für Bier kennen, gab es hier den Stehausschank für Milch. Eine Menge Leute drängte sich an der Kasse. Frische Milch am Morgen. Ein herrliches Gefühl. Wir gingen in ein kleines Café, aßen ein Teiggebäck und tranken einen Tee. Das brachte uns die Energie wieder zurück.

Unser Hauptziel, die Ukraine, war nicht mehr weit. Vorbeiging es an Menschen, schönen Land-schaften und Tieren. Immer weiter gen Osten. Die let-zte Station hieß Sucaeva. Sucaeva ist eine kleine Stadt kurz vor der Grenze. Von hier aus würden wir morgen die Grenze in die Ukraine überschreiten.

Am späten Nachmittag gelangten wir in die Stadt. Wie es der Teufel wollte, waren alle drei Hotels der Stadt ausgebucht. Wir standen auf der Straße. Beim letzten Hotel gab man uns eine Privatadresse. Hier konnten wir schlafen. Nun hieß es, die Privatwohnung zu finden. Die Lage wurde von einem dutzend von Leute aus-diskutiert. Danach teilte man uns das Resultat mit.

Die Hilfsbereitschaft war vorbildlich. Eine Frau von etwa 40 Jahren empfing uns freundlich und wies uns das Zimmer zu. Mit Händen und Füßen redeten wir aufeinander ein, verstanden uns ganz prächtig. Sie bot uns Zigaretten an und zeigte uns Ansichtskarten aus Italien.

Die Frau schien uns zu mögen und zeigte mit ihren stämmigen, behaarten Beinen eine bewundernswerte Standfestigkeit, da sie nicht aus dem Zimmer wich. Irgendwie stellte sie fest, dass wir nicht verheiratet waren. Sie lächelte viel bedeutend und machte Anstalten zu erklären, dass es dann wohl langsam Zeit wäre für Nachwuchs zu sorgen.

Das Bett bestand aus einem Stück und versprach uns allerhand Bewegung heute Nacht, denn breit war es nicht. Wir wünschten uns eine gute. Nacht.

7.8.1973

Rauschgifthund
Victor Kozlowski
Russische Höflichkeit

Um 12 Uhr standen wir vor einem Schlagbaum mit bestimmt 50 cm Durchmesser.

Wegen seiner Dicke sah er gedrungen aus, obwohl er einige Längen aufweisen konnte. Von diesem Schlagbaum aus sahen wir Fahrzeuge, die sich schon vor dem Zollgebäude befanden, Wachtürme, an verschiedenen Stellen Grenzbeamte, die scheinbar willkürlich an bestimmten Orten, ohne offensichtlichen Grund, auf ihrem Posten standen.

Fahrzeuge aus den sozialistischen Bruderländern wurden bevorzugt abgefertigt. Das war wohl ihr einziges Privileg, welches sie in Anspruch nehmen konnten.

Die Einschränkungen, die einen Autoreisenden aus dem kapitalistischen Ausland trafen, hatten auch für sie ihre Gültigkeit. Unsere Rubel lagen wieder in ihrem relativ sicheren Versteck und wir hatten eigentlich nur eine Leibesvisitation zu befürchten. Der Schlagbaum schwenkte hoch und ein Soldat winkte uns, einzufahren.

„Bitte steigen Sie aus und folgen uns ins Gebäude. Sie müssen ein paar Deklarationen ausfüllen."

Der Herr, der zu uns sprach, stellte sich als Angestellter von Intourist vor. Er hatte die Aufgabe, uns bei den Zollangelegenheiten be-hilflich zu sein.

Falls Sie etwas nicht wissen, fragen Sie mich bitte. Ich werde, so gut ich kann, helfen, sagte er und lachte herzlich, wobei sich sein Sommersprossen-gesicht in Falten zog.Wir wurden herausgerufen und der Herr von Intourist begleitete uns. Der Akt der Gepäckuntersuchung konnte beginnen.

„Packen Sie nur das Reisegepäck aus",
befahl ein anscheinend höherer Dienstgrad.

Während sich die Beamten liebevoll unse-res Wagens annahmen, scherzte ich mit dem Herrnvon Intourist so gut ich konnte. Er erzählte seinerseits ein paar Schulwitze, und meine Nervosität lockerte sich ein wenig. Ich konnte die Leute einfach nicht an unserem Gepäck herumfummeln sehen.
„Sie können wieder einpacken", sagte jemand von den Soldaten und wir konnten erleichtert aufatmen.

Dann setzte man den Rauschgifthund ein. Der rannte ein paar Mal umden Wagen herum und die Kontrolle war beendet.

Nun blieb uns nur noch etwas Geld zu tauschen. Dann war der Weg in die UdSSR endgültig frei. Wir waren am Ziel unserer Planung angelangt.

СССР
Министерство внешней торговли
ГЛАВНОЕ ТАМОЖЕННОЕ УПРАВЛЕНИЕ

В Серетсал
(таможня)

При утере не возобновляется.
Просьба ознакомиться с правилами, изложенными на оборотной стороне бланка.
If lost—not to be renewed.
Please take note of the rules stated on the reserve.
En cas de perte n'est pas à renouveler.
Voudrez bien prendre connaissance des règles exposées au verso de ce formulaire.

CERTIFICATE **УДОСТОВЕРЕНИЕ** № 276106 **CERTIFICAT**

Выдано *7 августа* 1973 г. гр. ву *форс Лензе Удо*

на ввозимую в СССР иностранную валюту (банкноты, казначейские билеты), выписанные в иностранной валюте платежные документы (чеки, аккредитивы), а также золото, серебро, платину, металлы платиновой группы в изделиях, монете, слитках, ломе и сыром виде, драгоценные камни, жемчуг и изделия из них и имущественные документы:

For the foreign currency imported into the USSR (bank notes, treasury notes), payment documents expressed in foreign currency (cheques, letters of credit), valuables (gold, silver, platinum, metals of the platinum group in articles, coins, ingots, scrap and in native state, precious stones, pearls and articles manufactured therefrom) as well as titles to personal and real property:

Pour les devises étrangères importées en URSS (billets de banque et du trésor), instruments de paiement libellés en monnaies étrangères (chèques, lettres de crédit), valeurs (matières d'or, d'argent, de platine et de métaux du groupe de platine en bijoux, monnaie, lingots, déchets et en état naturel, pierres précieuses et perles et joyaux contenant ces dernières), ainsi que pour titres de propriété:

Наименование иностранной валюты, ценностей и имущественных документов	Сумма или количество (цифрами и прописью)
Доллары США	*нет*
Фунты стерлингов	*нет*
Французские франки	*нет*
Марки ФРГ	*300 триеба (наличными, 1000 (одна тысяча) в чеках*

Печать таможни

Сотрудник таможни (подпись)
Владелец (подпись)

ЛИНИЯ ОТРЕЗА

ОТМЕТКИ БАНКА ОБ ОБМЕНЕ ИНОСТРАННОЙ ВАЛЮТЫ

42

Die Herren von Intourist überschütteten uns mit Komplimenten, hoben immer wieder unsere guten Russischkenntnisse hervor. Ein Typ, er begegnete uns später noch oft, bekam seinen Mund gar nicht mehr zu und redete wie eine Klatschbase. Seine Gebärden waren ebenso feminin wie seine Sprache. Er kümmerte sich vornehmlich um Franziska und wurde mir dadurch noch unsympathischer.

Wir bekamen die „Höflichkeit" der Bedien-steten zu spüren. Beim Einkauf der Benzingutscheine hatten wir schon beim Eintritt in das Zimmer den Ein-druck, uns beim Eintritt in das Zimmer zu stören. Die Augen der Dame vor mir schienen zu sagen: „Wie können Sie es wagen, hier zu stehen? Eine Frechheit!"

„Bitte?"

„Ich möchte Benzingutscheine kaufen", wagte ich zu sagen.

„76er, 93er oder 98er?"

„93er bitte".

„Wie viel Liter?"

„140 Liter, bitte".

„Zahlen Sie in Rubel oder DM?"

„In Rubel" Das schien ihr wiederum gar nicht zu passen.

Aber was sollte ich machen? Sie nahm ihre Rechentafel zu Hilfe. Es war eine Tafel von ca. 30 cm Breite und 50 cm Länge. Wie kann man darauf nur rechnen, fragte ich mich insgeheim. Mit ungeheuerer Geschwindigkeit bewegte sie die Kugeln und schrieb eine Summe nach der anderen auf und hatte plötzlich ein Ergebnis. Na, wenn das nur stimmte.

„13 Rubel", sagte sie.

Sie bekam ihren Rubel. Sollen sie damit glücklich werden oder einen Höflichkeitskurs besuchen!

In der Stadt herrschte reger Verkehr. Alte Lkws aus historischen Zeiten bahnten sich knatternd ihren Weg durch die Straßen und verbreiteten dabei einen üblen Dieselgeruch. Wenige Pkws waren zu sehen. Das Verhältnis Pkw zu Lkw entsprach etwa dem Verhältnis in Deutschland Lkw zu Pkw. Tatsächlich konnte ich in der Stadt wenig Autos entdecken. Ich hatte bisher in keiner Stadt so viele Lkws gesehen wie hier.

Die Administration des Campingplatzes empfing uns mit einem Dolmetscher. Er stellte sich in Deutsch vor und sagte, dass er die Aufgabe habe, die deutschen Touristen zu betreuen. Er sprach recht fließend Deutsch. Seine Aussprache hatte, wie man es oft bei Russen hört, einen leicht französischen Akzent, im Bemühen, das hart gerollt „r" nicht überzubetonen.

Ich gab ihm bekannt, dass wir auch der russischen Sprache mächtig sind. Der Dolmetscher rief ein Mädchen, welches uns einen Zeltplatz zuweisen sollte.

„Hier können Sie Ihr Zelt aufschlagen", sagte sie und zeigte auf eine etwas abschüssige Strecke. Skeptisch betrachtete ich den Platz. Abgesehen von Hügeln, die auf der Rasenfläche standen, missfiel mir ganz besonders das Gefälle.

„Nein, Franziska", sage ich. „Das machen wir nicht. Die müssen uns einen besseren Platz geben. Vier Tage liegen wir schief im Bett, unser Tisch steht schief, alles steht schief. Nein, da sind sie schief gewickelt."

„Wenn du meinst, dann gehe noch einmal hin."

Ich ging hin. Das nette Mädchen kam noch einmal zurück. Ich schilderte ihr eingehend unsere schiefe Lage.

„Ich habe leider keinen anderen Platz. Wie sie sehen, ist der Campingplatz eng." Sie zuckte mit den Achseln.

„Aber wir könnten doch vielleicht hierhin", wagte ich zu sagen und deutete mit dem Finger entschlossen auf die andere, gegenüberliegende Seite. Eine französische Familie hatte sich dort niedergelassen.

„Sie könnten ihr Auto auf den Abhang fahren, und wir würden uns dann auf die Stelle setzen, wo jetzt das Auto steht", sagte ich erläuternd. Das klang plausibel. Ja, das konnte man versuchen. Sissi eilte zu den Franzosen und fragte. Aber selbstverständlich. Natürlich. Und schon hatten wir unseren neuen Platz.

Die erste Zeltnacht brach an. Der Aufbau verlief noch etwas schleppend, aber wir sollten in den nächsten Tagen und Wochen viel Übung bekommen. Unsere Fertigkeit würde sich bis zur Perfektion steigern. Es bedurfte dann nur noch einer Zauberformel und etwas Hexerei, und das Zelt stand, wie plötzlich aus der Erde gestampft. Um sich den Lernfaktor vor Auge zu führen, stellte ich mir einen Film vor, den man zuerst in Zeitlupe sah und der langsam in einen Zeitraffer überging, der sich schließlich bis zum Wahnsinn steigerte. Dann hatte man ungefähr unsere Leistungskurve, die sich im Laufe der zwei Monate entwickelte, die Leistungskurve des Zeltaufbaus natürlich.

„Guten Tag. Gestatten Sie, dass ich mich vorstelle? Victor Koslowskij."

Wir blickten auf und gaben ihm die Hand, während er weiter redete.

„Mein Kollege hat mich gebeten, ihn zu vertreten. Ich werde Ihnen, wenn Sie es wollen, die Stadt zeigen und Ihnen helfen, falls Sie einen Rat benötigen."

Er sprach mit dem gleichen französischen Akzent wie sein Kollege. Er war an der Universität als Deutschlehrer tätig. Er ließ uns weiter unser Zelt einrichten und versprach in einer Stunde wiederzukommen. Wir hatten uns eingerichtet, etabliert so gut es ging und machten die erste Bekanntschaft mit den sanitären Einrichtungen.

Man hatte hier andere Vorstellungen von Hygiene. Es ist bekannt, dass gerade Campingplätze Schwierigkeiten mit der Hygiene haben, aber das hier, schlug dem Fass den Boden aus. Die Örtlichkeiten fand man unfehlbar, wenn man dem Geruch nachging. Ein Surren und Brummen schlug mir entgegen, als ich das Gebilde von Toilette betrat. Fliegen über Fliegen umsummten mich oder lagen tot, ich nehme an vom Gestank, auf dem Boden. In dem schmutzigen grauen Estrichboden klaffte, etwas erhöht, ein Loch. Ja, das war es dann auch schon. Eilig verließ ich diese Kloake und stieß draußen mit Sissi zusammen.

„Das ist doch die Spitze!", empörte sie sich. Dabei verfiel sie in die bayerische Mundart.

Das passierte immer dann, wenn sie aufgeregt war. Das hier hatte sie stark getroffen und ihr Innenleben aus dem Gleichgewicht gebracht. Für sie gab es nichts Schlimmeres als Schmutz und Unordnung.

Eine Dusche war ebenfalls nicht vorhanden. Heißes Wasser ebenfalls nicht. Die Waschräume waren primitiv eingerichtet. Keine Elektrizität, kein Spiegel.

Hier musste man sich den harten Lebensbedingungen unterwerfen und zeigen, dass es auch anders geht. Wir waren hier im Sozialismus, wozu auch Badewannen. Hier mussten Mann und Frau beweisen, dass sie keine verweichlichten Kapitalisten waren und sich auch mit kaltem Wasser waschen konnten.

Strahlend kam Victor den Weg entlang. Die Stunde war abgelaufen. Er war gekommen, uns seine Pläne für den heutigen Tag mitzuteilen.

Wir hätten gerne noch etwas geruht. Aber dazu sollten wir hier nur selten kommen.

Victor hatte mit uns „Großes" vor. Wir fanden keinen Weg, ihn davon abzubringen, und gute Ausreden waren schwer zu finden.

„Heute Abend zeige ich euch ein Restaurant, das nicht zu stark von Touristen besetzt ist."

Das Restaurant war groß. Victor traf auf Bekannte. Wir setzten uns an ihren Tisch. Es waren junge Leute zwischen 25 und 30 Jahren. Zwei Mädchen saßen stumm am Tisch. So blieben sie auch den ganzen Abend und sprachen höchstens mal im Flüsterton miteinander. Eine Kapelle spielte überlaut russische Schlager und zu meiner Überraschung auch englische Lieder von Tom Jones.

Meine Tischgenossen kümmerten sich rührend um Sissi. Man schleppte sie pausenlos zur Tanzfläche. Ich hätte auch gerne einmal mit ihr getanzt. Da sie aber wusste, dass ich normalerweise nicht gerne tanze, war ihr daran auch nichts gelegen.

So versuchte ich, mich in Gespräche mit den Tischnachbarn einzubringen. Ich unterhielt mich mit einem Mathematiker über die Ostverträge. Man schnitt dieses Thema oft an und die Reaktionen darauf waren oft die gleichen. Ich hörte nur positive Stimmen.

Victor, merkte ich, war ziemlich in seiner Ideologie gefangen und hatte für jede Frage eine stereotype Antwort. Im Übrigen ließen wir uns Wein und Wodka schmecken. Alles in allem ein gemütlicher Abend. Nur die Musik war mir entschieden zu laut und das Essen etwas zu kalt.

Die Toiletten im Restaurant waren gegenseitig nur von Seitenwänden getrennt. Eine Tür gab es nicht und man sah daher anderen bei der Verrichtung ihrer Notdurft zu. Man hatte die Möglichkeit, mit seinen Nachbarn von Angesicht zu Angesicht über das Wetter oder das werte Befinden zu sprechen.

8.8.1973

Der Prut
Fleisch, solange der Vorrat reicht

Wir haben ausgezeichnet geschlafen. Das war besonders für Sissi wichtig, die noch nie in einem Zelt geschlafen hatte.

„Mei, Ferfi. Ich hätte nie gedacht, dass ich in einem Zelt so tief schlafen würde."

Sie war sichtlich begeistert. Ihre Angst vor schlechtem Schlaf war verschwunden. Die morgendliche Toilette war bei dem kalten Wasser schnell gemacht. Ich hatte meinen Rasierschaum im Waschraum vergessen und flitzte wieder zurück. Verschwunden. Ich machte mit einem neuen Phänomen Bekanntschaft. Ich hatte außer Acht gelassen, dass Gegenstände dieser Art eine unbändige Anziehungskraft auf die Menschen ausübten.

Mithilfe unseres Gaskochers bereiteten wir Tee zu, Brot und Marmelade standen auf dem Tisch. Jeder Morgen wurde durch das Frühstück ein kleines Fest. Wenn auch das Wetter nicht immer so herrlich war wie unsere Laune. An diesem Tag hingen dunkle Wolken am Himmel, die durch einen frischen Wind über unsere Köpfe getrieben wurden. Was sollte da aus Victors Plan werden? Er hatte sich heute mit uns verabredet, um einen Ausflug zu einem kleinen See zu machen.

Unser Wunsch, die Menschen und Umgebung auf eigene Faust kennenzulernen, wurde dadurch, wie so oft, durchkreuzt.

Zuvor gingen Sissi und ich zum Ufer des Prut. Es sollte sich dort ein Strand befinden.Dann könnten wir auch hier einmal baden.

Unsere Hoffnung wurde arg enttäuscht. Das Ufer war steil, der Boden lehmig. Steckte man seine Füße in diesen Boden, versank man bis zu den Knöcheln.

Victor holte uns ab. Wir packten unsere Badesachen und los ging es. Das Wetter hatte sich ein wenig gebessert, Schatten und Sonnenschein hielten sich die Waage. 20 km weiter befand sich ein kleiner See, ganz vom Wald umgeben.

Auch hier war es nicht möglich, vom Strand aus ins Wasser zu gehen. Der Boden war so weich, dass man sang- und klanglos in ihm verschwunden wäre, hätte man einen Fuß auf ihn gesetzt. Daraus wurde also nichts, und die Mietboote waren alle besetzt. Dadurch war uns auch die Möglichkeit genommen, auf den See zu kommen, es sei denn, wir würden Wartezeit in Kauf nehmen.

Der Himmel verdüsterte sich wieder, der Wind nahm unge-heuer an Stärke zu. Ein Gewitter zog herauf. Für uns das Signal zum Aufbruch. Sissi brachte noch Sprudelflaschen zum Kiosk zurück, was angebracht war, da die Flaschen generell mit hohem Pfand belegt waren, umgerechnet 40–50 Pfennig. Am Kiosk sprach **mich ein Mann an.**

Er war offensichtlich betrunken. Was er sagte, konnte ich nicht verstehen. Wie Victor erklärte, sprach er einen ungewöhnlich hässlichen Akzent. Er hatte mich um meine Gitarre gebeten.

„Komm", sagte er. „Du klampfst auf deiner Gitarre und wir werden dazu tanzen."

„Wir müssen weiter", sagte Victor. Er schüttelte den Kopf und sagte diese nette Einladung für mich ab.

Zum Abendessen wollten wir etwas Fleisch, Wein und Zutaten kaufen. Dazu begleitete uns Victor in die Stadt. Es war vier Uhr, als wir bei dem Fleischgeschäft auf verschlossene Türen stießen.

„Machen die immer so früh zu?", fragte ich ahnungslos.

„Sie schließen, wenn sie ausverkauft sind", antwortete Victor.

Das war oft schon um die Mittagszeit. Victor war es sichtlich peinlich, so etwas sagen zu müssen. Er achtete auch sonst darauf, dass die Unzulänglichkeiten des Systems nicht zu negativ betrachtet wurden. Er gab sich dann einfach von der heit-eren Seite. Er war sich über die Zustände voll be-wusst, umso mehr ärgerte es ihn, wenn sich jemand abfällig darüber äußerte. Er gab zu, dass die UdSSR den niedrigsten Lebensstandard unter allen sozialistischen Ländern hatte, aber daran war die Größe des Landes schuld.

Wir spazierten zu einem Kolchosmarkt. Ein etwa 16-jähriger Junge ging neben mir her.

„Polscha?", fragte er.

„Germania?"

„Ja."

„Ost?"

„Nein."

„West?"

„Ja".

„Verkaufst du mir deine Sonnenbrille?"

„Die kann ich dir nicht verkaufen", erklärte ich.

Da kam Victor und fasste diesem armen Burschen an die Nase, drehte sie heftig hin und her und stieß ihn grob zur Seite. „Dass du dich nicht schämst, hier herum zu betteln! Hau bloß ab."

Der Stolz befahl ihm, so zu handeln. Doch für mich war es eine sehr befremdliche Reaktion auf eine Bettelei. Durch eine kleine Gasse kamen wir zum Hauptmarkt. Alte Mütterchen und junge Mädchen verkauften Obst und Gemüse. In einem Haus war ein kleines Fensterchen geöffnet, vor dem sich eine Schlange gebildet hatte. Hier gab es noch Fleisch, oder besser, was davon übrig geblieben war. Victor drängte sich vor. Das war eigentlich nicht üblich, aber Victor wollte uns unbedingt zu einem Stück Fleisch verhelfen. Ich kaufte unterdessen Tomaten. Drei Jungen, vielleicht 16 oder 18 Jahre alt, schlenderten vorüber und nahmen dem Mädchen vor mir Äpfel vom Stand und ließen es sich schmecken.

Bezahlt hatten sie nicht und gingen lachend weiter. Das Mädchen wollte etwas gegen diese Frechheit sagen und schimpfte hinterdrein. Da waren die Jungs aber schon weg.

Victor hatte Fleisch bekommen. Von dem mussten wir abends die Hälfte wegschmeißen. Sie war einfach nicht zu gebrauchen. Der Rest war zäh wie Kaugummi.

Wir waren wieder beim Zelt angelangt, als mir die Schweigsamkeit Sissis auffiel. Etwas hatte sie wieder gestört und war in Schweigen verfallen. Es war auch kein Wort aus ihr heraus zu bekommen.

Ich war machtlos und lief zum Prut, ohne ihr etwas zu sagen. Sollte sie sich einfach alleine beruhigen. Ich lag nun im Gras und rätselte darüber, was ich wohl verbrochen haben konnte.

Gedankenverloren ritzte ich in den Stamm eines Sonnendaches, unsere Namen: Sissi und Ferfi 73.

Etwas musste geschehen. Gut. Ich wollte einen Versöhnungsversuch machen, obwohl ich nicht wusste, was überhaupt war. Auf dem Heimweg pflückte ich ein paar Blumen auf der Wiese, dazu etwas Unkraut zur Zierde.

Ich begab mich zu Sissi. Schweigend saß sie im Klappstuhl und versuchte, auf der Gitarre zu spielen. Schweigend gab ich ihr die Blumen. Sie lächelte.

„Danke, Ferfi", sagte sie und gab mir einen Kuss.

Ich hatte es geschafft und ihr Schweigen gelöst. Wenn es mir auch schwergefallen war, gegen meinen eigentlichen Willen zu handeln. Jetzt war ich froh darüber. Vor dem Schlafengehen hielt ich noch ein wenig Sissis Hand und schlief damit ein.

9.8.1973

Verkehrsschilder hoch angebracht

Computerzentrum in der Kirche

„Wenn Victor kommt, sagen wir, dass wir ausspannen wollen", sagte Sissi beim Frühstück. Sie fühlte sich so bedrängt, nicht wohl. Victor ließ in der Tat keine freie Minute aus, bei uns zu erscheinen. Da war er auch schon wieder. Sissi erklärte mit ihrem Charme, dass wir heute ausspannen wollen.

„Gut, dann komme ich heute am Nachmittag wieder. Ich werde euch die Stadt zeigen. In der Universität zeige ich euch meine Klassenzimmer, ja?"

Dazu konnten wir einfach nicht nein sagen. Den Morgen nutzten wir aus, die Stadt auf eigene Faust auszukundschaften. Wir schossen Fotos, filmten und verteilten Kaugummi an die Kinder, die uns auf Schritt und Tritt anbettelten. Einige kamen gleich zweimal. Uns zu folgen, war nicht schwer. Durch unsere Kleidung fielen wir natürlich auf, und oft spürten wir die Blicke, die uns auf unserem Weg verwundert folgten.

Eine Kirche erregte unser Interesse. Leider waren alle Türen geschlossen. Ein dickes Vorhängeschloss versperrte den Eingang. Hinter der Kirche saßen dick und breit Frauen auf den Bänken und schwatzten. Zeitungsstände der Pravda und Iswestija informierten über das politische Tagesgeschehen.

Wo wir auch hinschauten, trafen unsere Blicke auf Propaganda, Transparente und Lenin in allen Varianten. Lenin an Ecken, Lenin unter dem Volk, „Es lebe Lenin und der Kommunismus!" Auf einer kleinen Mauer hielten Schüler und Schülerinnen alte Schulbücher feil.

Die Verkehrsschilder machten uns große Schwierigkeiten. Die Symbole waren zwar international und gut verständlich, doch man musste sie erst einmal finden. Oft waren sie so ungünstig angebracht, dass es vom Verkehrsteilnehmer die größte Aufmerksamkeit erforderte, sie zu sehen und folglich dann auch einzuhalten.

So geschah es auch einmal, dass wir das Durchfahrtsverbotsschild einer Einbahnstraße übersahen, da es an der Oberleitung der Trol-leybus-Linie angebracht war. „Wie Lenin es wollte", stand auch gleich ein Gesetzeshüter vor uns und herrschte uns im übelsten Ton an. Zuerst dachten wir, wir stünden im Halteverbot.

Nein. Falsche Richtung! Der Herr war wirklich unfreundlich. Wir begriffen gleich, wendeten und fuhren richtig in die Straße ein. Und abermals der Polizist. Halteverbot! Also doch. Bei der Vielzahl parkender Autos konnte man es fast nicht glauben. Wir machten schnell, dass wir fortkamen.

Gegen Mittag probierten wir eine sogenannte „Stolówaja" aus.Ein Selbstbedienungsrestaurant mit billigen Preisen. Wir stellten uns ein Mahl zusammen und ließen es uns schmecken, nachdem wir eine Anzahl von Käufern erfolgreich abgewimmelt hatten, die uns alles, was wir am Leib trugen, abkaufen wollten.

„Kennt ihr das Bildungs- und Schulsystem in der SU?", fragte Victor.

„Ja, das kennen wir schon."

„Gut. Dann erzähle ich euch noch etwas über Titel und Berufe in der Universität."

Wir hörten aufmerksam zu. Dann kamen sogar seinerseits Fragen. Ich weiß nicht, bewusst oder unbewusst, er fragte nie etwas über die BRD. „Wie ist das bei euch? Werden die Absolventen der UNI verpflichtet, an einem bestimmten Ort zu arbeiten?" Wir erklärten, dass es z. B. bei Lehrberufen Ein-schränkungen gibt.

„Wie bei uns", pflichtete er uns zu. „Und nun kommt! Ich zeige euch die Räume."

Er führte uns und die Amerikaner,sie waren wieder zu uns gestoßen, durch die Universität. In den Klassenzimmern und Hörsälen hingen Bilder von Marx, Engels und Lenin. Auch Breschnew weilte gelegentlich unter ihnen.

„Ich zeige euch jetzt das kleinste Klassenzimmer der UNI.

Er öffnete eine Tür. Bänke mit zwölf Sitzgelegenheiten standen in dem kleinen Raum.

„Hier habe ich früher auch gesessen. Dieser Raum wurde als Sprachlabor genutzt."erklärte er und erinnerte sich mit wehmütigem Gesicht an einstige Zeiten, die noch gar nicht so lange vorbei sein konnten, wie ich nach seinem Aussehen schätzte.

Mr. Femininum setzte sich mit seinen Amerikanern für eine Weile ab. Victor führte uns ins Konferenzzimmer. Aus seinem persönlichen Bücherladen schenkte er mir eine kleine Broschüre in Russisch. Der Titel: Kurze Übersicht über die BRD.

Und jetzt machte er den Versuch, uns etwas zu zeigen, was Touristen normalerweise verschlossen bleibt. Das elektronische Rechenzentrum von Cernovtsy.

Die Amerikaner mit Mr. Unsympath waren plötzlich wieder da. Gemeinsam begaben wir uns zu dem Ort des Ungewöhnlichen, der Computerwelt. Zu unserer aller Verwunderung machten wir vor einer Kirche Halt. Auf dem Portal aus schwerem Eichenholz standen auf einer Aluminiumtafel die Worte: Unbefugten Zutritt strengstens untersagt.

Victor und sein Kollege verschwanden in der Kirche. Es war bis jetzt nicht sicher, ob wir die „heiligen Hallen" betreten durften. Wir warteten. Mit freudigem Gesicht kam Victor zurück.

„Kommen Sie, es ist erlaubt."

Der Anblick der Kirche verschlug mir den Atem. Es war eine der schönsten Kirchen, die ich je in meinem Leben gesehen habe. Ikonen in glänzender Goldpracht und Wandmalereien verzierten die Kirche. Ikonen und Gemälde bis hinauf zur Kuppel. Und mitten in dieser Kunstwelt stand die Computerwelt. Rechenmaschinen und Kontrollpulte. Ein gleichmäßiges Rauschen der Kühlventilatoren erfüllte den Raum. Männer saßen hinter den Pulten und starrten müde auf die Instrumente. Lochkarten und Bänder wurden transportiert. Hernieder schaute ein gekreuzigter Jesus mit gesenkten Lidern. Wie fasziniert starrte ich an die Decke. Nicht die Computer, nein die Kirche war den Besuch wert. Ich träumte nicht. Das hier war die Wirklichkeit.

Nachdem wir die UNI verlassen hatten, gerieten Sissi und Victor in eine heftige wie aussichtslose Diskussion über politische Systeme mit ihren Vor- und Nachteilen.

Es war offensichtlich. Victor war ein 150-prozentiger. Keine noch so starke wie auch vorsichtige Frage führte Victor in die Irre. Sissi sah alles, nach seiner Meinung, falsch.

Den Abend verbrachten wir mit Victor in einem voll besetzten Kino.. So voll wie jedes andere Kino in der SU. Das Kino feierte hier noch immer seine „Goldenen Tage". Wir hatten einen Balkonplatz erwischt. Nach den aktuellen Berichten aus allen Ländern, wie bei uns, begann es endlich.

Aber was war das? Ich hatte gemeint, der russischen Sprache einigermaßen mächtig zu sein! Ach so, der Film war in einer Fremdsprache. Vorsichtig schob ich mich manchmal aus meinem Sitz hoch, um über die Köpfe meiner Vordermänner einen Blick auf die Untertitel zu wagen. Aber ich merkte schon bald, dass die Untertitel nicht so wichtig waren.

Das grausame Romeo und Julia Spiel sprach für sich. Verhaltener und offener Sex, Gewalt und Vergewaltigung der brutalsten Machart, scheinbar nach der Sitte des Landes und der Zeit, in der der Film spielte, wechselten mit triefendem Schmalz, dass es einem schier das Herz zerbrach.

„Udo", flüsterte Victor, „sollen wir gehen?"

Nein. Sissi und ich wollten bleiben. Wir saßen nicht alle Tage in einem russischen Theater. Wir wollten das grausame Spiel bis zu Ende auskosten. Er und Sie starben zum Schluss auf tragische Weise. Im Saal stimmte man zum großen Weinen an,

10.8.1973

Abschied von Victor
Sandbank im Prut
Glücklich trotz Kälte

Schon gestern Abend hatte Victor Pläne für den heutigen Tag geschmiedet. Heute, so nahmen wir uns vor, sollte uns eine gute Ausrede einfallen. Wir wollten endlich einmal alleine sein, ausspannen, selbst erkunden und Erfahrungen sammeln. Vielleicht hatte es Victor bemerkt, vielleicht hatte er seine Pflicht getan oder war unser überdrüssig geworden. Wie dem auch immer sei. Er ließ sich den ganzen Vormittag nicht blicken.

„Hallo Franziska, grüß dich, Udo!" kam er lachend, wie immer, gegen Mittag zu unserem Zelt. Er war also doch gekommen. Er war aber nur gekommen, um sich zu verabschieden. Er schaute auf die Uhr. Mit tausend Entschuldigungen gab ihm Sissi seine Sonnenbrille zurück. Sie war zerbrochen. Sissi versprach eine neue aus Deutschland zu schicken.

„Das macht doch nichts", beschwichtigte er. Sie ist mir viermal zerbrochen und immer wieder habe ich sie flicken können. Also, was soll es. Mache dir darüber keine Gedanken mehr.

Ich nahm noch ein kurzes Gespräch von uns auf Tonband auf. Dann wünschte er uns Gesundheit und alles erdenklich Gute und entfernte sich dann mit den Händen winkend.

Er rief uns auf Deutsch noch einmal zu: „Tschüss ihr zwei. Wiedersehen!" Und fort war er. Sissi und ich sahen ihm nach, bis er hinter den Sträuchern verschwunden war. Er hatte uns doch sehr gefallen.

Am Nachmittag beschlossen wir wirklich einmal ein Sonnenbad zu nehmen. Vor zwei Tagen hatte ich von einem Hügel aus Sandbänke im Prut entdecken können. Sie waren mit dem Ufer verbunden. Am Wald entlang folgten wir einem für das Auto sehr gefährlichen Weg, der dann unerwartet vor einem alten Haus endete. Ein kleiner Trampelpfad führte am Haus vorbei auf einen Hügel, von dem man den Prut sehen musste. Oben auf dem Hügel saß ein Maler. Er sah uns kommen, malte jedoch ruhig weiter.

„Führt hier ein Weg zum Prut?", frage ich ihn.

„Nein, das müssen Sie von einer anderen Seite her versuchen."

Wir versuchten es von einer anderen Seite. Von einer ganz anderen … Wir fragten noch einmal nach dem Weg. Dabei verloren wir, sehr wahrschein-lich beim Öffnen der Tür, ein kleines aus Holz geschnitztes Reh. Ein Nachbar Sissis hatte es ihr geschnitzt und mit auf den Weg gegeben. Ein herber Verlust. Schließlich fanden wir unsere Sandbank. Das Auto stellten wir am Ufer ab und ließen vorsichtshalber unsere Kameras im Auto, denn wir waren in der Nähe von zwei Brücken. Und die durfte man nicht filmen.

Mit Luftmatratze und Schaumstoffunterlage bahnten wir uns unseren Weg über eine mit grobem Kies übersäten Uferstrecke bis zum Wasser. Der Kies war feuchter, als ich angenommen hatte. Aber wir hatten keine Lust, weiterzusuchen.

Gelegentlich verschwand die Sonne hinter dicken Wolken. Dann wurde es kühl. Sissi verschwand dann hinter einem Handtuch oder einem Pullover. Mir war zwar auch kalt, aber es störte mich nicht groß. Heute war ich mit Sissi sehr glücklich. Als die Wolkendecke nicht mehr aufriss, beendeten wir das Sonnenbad.

Wir fuhren zu dem Lokal, in dem wir schon mit Victor waren. Für eine stolze Summe von 6 Rubel 50 Kopeken bestellten wir Borschtsch, Steaks, Salat, Wein und Mineralwasser. Unser letzter Abend in Cernovtsy war angebrochen.

Die ersten vier Tage in der UdSSR wa-ren wie im Flug vergangen. Es blieb fast keine Zeit, alle Eindrücke zu verarbeiten. Soviel Neues hatten wir erlebt. Meine Gedanken kreisten: Belebte Straßen mit den vielen Lkws, mit niedlichen kleinen Autos, die als Cabrio verkleidet fuhren, Wolgas, Fiats, oder Shiguli, wie sie hier heißen, Moskwitschs...

Kleine Läden, billiges Brot aus der Brot-fabrik, ausverkaufte Fleischläden, schmutzige Toiletten und Packpapier aus Pravdapapier, kahle Landschaften, braune und schwarze Erde, verwelkte Sonnenblumen auf Feldern, schlechte Straßen und Schlaglöcher, Straßenarbeiterinnen, die müde Kies schaufelten, Fuhrwerke und Gänse aufden Straßen, der Kolchosmarkt, alte dicke Frauen und die jungen Mädchen, die rassige Schönheit in der Stolówaja, Hackfleisch, Betrunkene, bettelnde Kinder, ein kleines Mädchen, das wie gebannt auf Goldpapier starrte und den Blick nicht da-von lösen konnte...

Am Abend zündeten wir eine Kerze an und sangen zusammen russische Lieder von Bulat Okudshava. Zwei Russen blieben etwas abseits entfernt stehen. Als wir beendet hatten, riefen siezu uns herüber.

„Bravo, Sie sind sehr gut"

"Bitte, nehmen Sie Platz,"l luden wir sie ein. "Entschuldigen Sie. Aber das können wir nicht machen. Wenn das jemand von der Verwaltung sieht, dass wir bei Ihnen sitzen, jagt man uns vom Platz. Auf Wiedersehen."

War das möglich?

11.8.1973
Wodka in der Tasche
Menschentraube um Herby
Arnold und Edik

Das Zelt war schnell abgebaut, aber das Verstauen der Sachen nahm längere Zeit in Anspruch. Wir verabschiedeten uns herzlich von der französischen Familie, die mit ihren polnischen Freunden in der UdSSR ihren Urlaub verbrachte. Sie folgten uns später nach Vinniza und nach Kiew. Die Wiedersehensfreude war jedes Mal riesengroß. Auf dem Weg nach Vinniza, unserem nächsten Ziel, machten wir in Chmelniza Rast, einem kleinen Ort. Die Restaurants waren hier spärlich gesät, und zwei waren gleich durch Hochzeiten völlig blockiert. Ein Brautpaar bekamen wir zu Gesicht. Ein feierlicher Zug. Die Braut, ganz in Weiß, schritt mit ihrem Mann würdevoll zum Restaurant. Eine lustige Schar von Bekannten und Verwandten folgte ihnen und ließ ein ganzes Dutzend Taxis leer zurück. Nach längerer Suche fanden wir ein drittes Lokal.

Wie überall war auch dieses sehr geräumig. Instrumente einer Band lehnten verpackt auf einem Podest.Wir setzten uns und beobachteten drei Männer beim Essen. Eine leere Wodkaflasche stand auf dem Tisch. Wir wurden Zeugen, wie sich die Wodkaterrine, ohne Zutun der Kellnerin, erneut füllte. Einer der Herren am Tisch griff in seinen Anzug und zauberte eine Flasche heraus. Er schaute sich dabei um, damit sein Treiben nicht von der Kellnerin entdeckt wurde.

Dann goss er den Inhalt in die leere Terrine. Er stand auf und stellte die leere Flasche schnell und gewandt – er schien einige Übung zu haben – hinter einen Fenstervorhang. Und weiter ging das Gelage. Später entdeckte die Kellnerin die Flasche und räumte sie, vor sich hinschimpfend, aus dem Weg.

Gegen 16 Uhr erreichten wir Vinniza. Die Stadt war viel moderner als Cernovtsy. Wir hielten bei einem Milizionär und fragten nach dem Weg. Unser Campingplatz war 7 km außerhalb in Richtung Kiew gelegen.

Zum Abendessen kauften wir bei der Gelegenheit gleich Brot und Wein. Das heißt, Wein gab es komischerweise in keinem Geschäft. Schade. Aber wir hatten noch etwas. Als wir aus dem letzten Geschäft kamen, sahen wir schon von Weitem eine riesige Menschentraube vor „Herby" stehen. Man befühlte und beklopfte ihn, man schaute auf den Tachometer, und beim Näherkommen hörten wir die erstaunten Ausrufe der Bewunderer.

„Was? 140 km/h? Sagenhaft. Hat der Luftkühlung?"

Als wir zum Auto kamen, wich die Menge zurück. Man bildete ein Spalier und wir gingen hindurch zum Auto.

Auf dem Campingplatz gaben wir wieder unsere Pässe ab, und unsere Namen wurden in einer

Liste abgehakt. Ein schmuddeliger Mann mit
einer „Chruschtschow-Glatze und einem ebensolchen
Gesicht rief einen Dolmetscher, der uns unseren Platz
zuweisen musste.

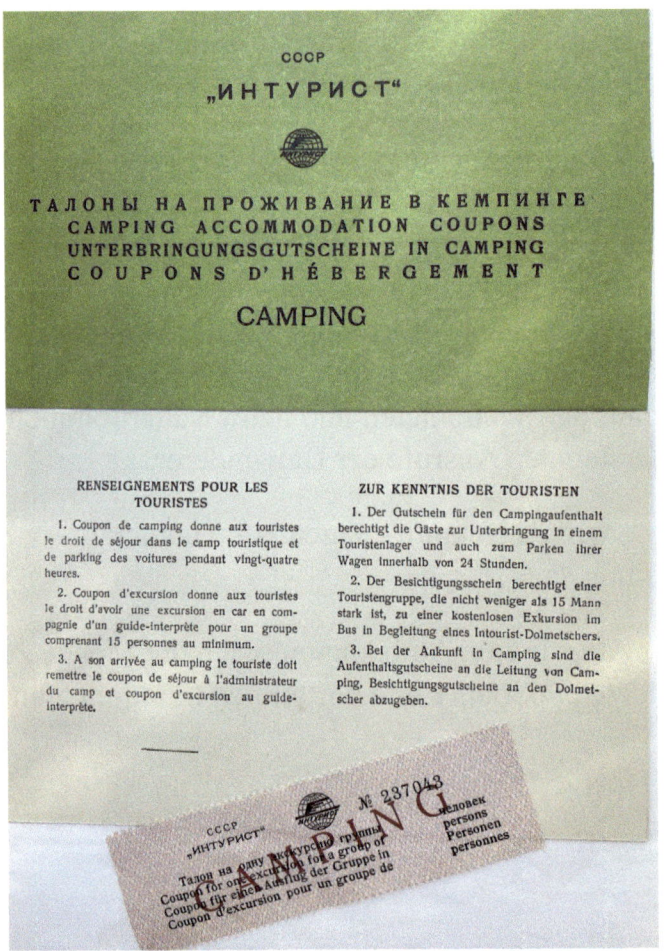

Wir bekamen einen Nischenplatz, der vom übrigen Gelände durch Strauchwerk separiert war. Der Herr zeigte uns auch die sanitären Anlagen, auf die wir ganz besonders gespannt waren. Sie konnten eigentlich nur besser werden. Der Dolmetscher sprach sehr leise und sehr schnell auf uns ein. Wir hatten Mühe, ihn zu verstehen.

Beim Zeltaufbau bekamen wir gleich wieder Besuch.

Ein Herr stand bei unserem Auto und betrachtete es. Er war ca. 35 Jahre alt und hatte ein durch Akne vernarbtes Gesicht. Er lächelte mir zu und stellte sich vor. Arnold hieß er und sprach gebrochen Deutsch. „Woher kommen Sie?"

„Aus der BRD."

„Das ist ein sogenannter Käfer, nicht wahr?" Er deutete mit dem Finger auf Herby.

„Ja, ein VW 1200"

„Hat er Luftkühlung?"

„Ja, er hat Luftkühlung."

„Wie viel PS?"

„32 PS", antwortete ich.

Diese Fragestellung geschah schon in Russisch

und ich antwortete gelangweilt und routiniert. Diese Fragen stellte jeder und es gehörte schon zu unserem Standardrepertoire, diese Daten herunterzuleiern. Währenddessen räumte Sissi das Auto aus und packte unsere Sachen ins Zelt. Arnold hielt mich von der Arbeit ab. Ich konnte doch nicht zusehen, wie Sissi sich abmühte. Sissi hielt sich auch bei weiteren Gesprächen zurück. Sie sah uns bestimmt schon wieder mit Verabredungen gebunden und Ausreden erfinden. Sie sollte recht behalten.

Arnold war Lehrer an der polytechnischen Hochschule in Vinniza und machte hier ein paar Tage Ferien. Begleitet wurde er von seinem Freund und Sänger Edik. Sie beide standen dem Westen aufgeschlossen gegenüber und sagten das auch. Aber immer so, dass sie sicher waren, dass niemand zuhörte, der nicht zu unserem Kreis gehörte. Arnold war außerdem der Leiter von Jazz-Kreisen und unterhielt viele Verbindungen zum Ausland. Arnold und Edik war zwei recht angenehme Zeitgenossen und ausgesprochen heiter. Edik hatte eine sehr hohe Stimme mit dem typischen russischen Tonfall. Wenn er lachte, lachte der Teufel. Sein hohes Gekicher beruhigte sich nur langsam und ging in ein heiseres Pfeifen über. Die Gegenstände, die wir mitgenommen hatten, um uns die Zeit zu vertreiben, wie das Tonbandgerät, hatten es ihm angetan.

„Ist das ein Luxus, welch ein Luxus!", rief er immer wieder aus. „Kennen Sie Grundig?"

Für ihn war Grundig der Inbegriff der Qualität und Perfektion. Sehr wahrscheinlich kannte er keine andere Marke. Nun lernte er endlich einmal ein Gerät von Phillips kennen. Ein wahres Erlebnis.„Habt ihr Prospekte von Grundig? So mit technischen Daten und so etwas? Ich habe welche zu Hause. Da stehen aber keine Daten drin."

Arnold kratzte sich am Kopf. Diese Gelegenheit ließ Edik nicht ungenutzt und schnappte wie ein Hund mit seinen Zähnen nach Arnolds angewinkelten Oberarm und ließ nicht mehr los. Er erntete unsererseits einen riesigen Applaus.

Sissi, die sich nur zögernd in die Gespräche eingemischt hatte, taute langsam auf und war schließlich von den beiden recht angetan.

Wir verabredeten uns für den nächsten Tag und luden Arnold und Edik ein zu einer Grillparty bei uns.

Das war also unser erstes Tag in Vinniza. Rechtschaffen müde begaben wir uns in unsere Schlafsäcke. Vorher benutzten wir die sanitären Anlagen, die um keinen Deut besser waren als die in Cernovtsy. Aber Duschen hatten sie hier. Sie hatten nur einen Fehler … sie funktionierten nicht. Aber man kann natürlich nicht alles auf einmal haben.

12.8.1973
Wo ist der Wein
Wiederholtes Schweigen
Das Grillfest

Wir lagen noch in den Betten, als Arnold, der Frühaufsteher, vor unserem Zelt stand. Zum Frühstück sahen wir ihn ein zwei-tes Mal und machten dann als endgültigen Zeitpunkt unseres Treffens 11 Uhr aus. Arnold begleitete uns in die Stadt. Für uns war das von Vorteil, denn er kannte die Stadt wie seine Westentasche.

Er führte uns auf einen Kolchosmarkt und in die Geschäfte, denn wir hatten eine Menge einzukaufen: Wein, Wodka, Grillfleisch, und Kartoffeln. Wir hatten einen Holzkohlegrill mitgenommen der relativ groß war. Die Suche nach Wein brachte uns bald um den Verstand. Es war einfach kein Tropfen zu bekommen. Schließlich fanden wir Wein auf dem Markt, der hier offen in großen Metallfässern verkauft wurde, so wie Kwas oder Bier. Es war ein ganz übler Fusel, wie sich später herausstellte. Es war halt nichts anderes zu bekommen.

Wie sollten wir den Wein transportieren? Der Wein wurde ja zum Gleichverzehr ausgegeben, in Gläsern. Wir kauften sechs Wodkaflaschen, spülten sie gründlich mit Wasser aus. Das Wasser mussten wir bezahlen und ließen uns dann den Wein darin einschenken. In einem Restaurant schon bekannter Größenordnung aßen wir drei zu Mittag.

Selbst hier war kein Wein zu bekommen. In der ganzen
Stadt - das schien mi unfassbar - gab es keinen Wein. Wir
kehrten zum Auto zu-rück. Da hatten doch tatsächlich
Lausbuben unsere Herzchen vom Auto gestohlen. In
verschiedenen Größen hatten wir sie von außen auf das Auto
geklebt Die Zeit war wie im Flug vergangen und wir
begaben uns voll bepackt auf den Heimweg. Für 1,5 Rubel
kaufte Sissi noch eine Basttasche, damit wir die Waren
besser transportieren konnten. Bis zum Abendessen trennten
wir uns von Arnold. Wir fuhren an einem kleinen See, der
an der Umgehungs-straße lag. Dort wollten wir das Auto
waschen.

Sissi war der Meinung: Was man nicht gerne tut,
soll man ganz lassen. Sie wusste, das Spülen und
Abtrocknen ein Greul für mich waren. Leider gehörte das
zum alltäglichen Leben. Ich bezweifle aber, dass Sissi diese
Notwendigkeiten mit Freude im Herzen durchführte. Beim
Auto mag das etwas anderes sein.

Bei der ganzen Sache konnte ich ja noch von Glück
reden, dass sie nicht einfach wie in Cernovtsy in Schweigen
verfiel. Den Grund dafür teilte sie mir generell nicht mit.
Wenn ich es selbst nicht merkte, täte es ihr leid. Und aus.
Kein Kommentar.

Unsere Gäste trafen pünktlich ein und be-staunten das Feuerwerk, das ich ihnen vorzauberte. Um die Kohle zum Glühen zu bringen, hatte ich eine Menge flüssigen Grillanzünder in die Holzkohle gespritzt. Das Resultat war bescheiden. Die Kartoffeln waren verkohlt, das Fleisch zäh wie Leder. Wir ließen es uns trotzdem schmecken. Der Wein war kaum zu genießen. Ich holte meine Gitarre heraus und wir sangen, was das Zeug hielt.

Wein und Wodka gingen dem Ende entgegen, und es wurde Zeit sich nach etwas Neuem umzusehen. Edik, dieser pfiffige Kerl, kam auf eine glorreiche Idee. Wir begleiteten Ihn zum Bungalow dreier ihm bekannter Frauen. Wir luden die drei mit ihrer Kognagflasche ein an unserem netten Abend teilzunehmen. Wir tischten unsererseits Brot und Tomaten auf und der Abend war gerettet.

Wir nahmen uns vor, morgen einmal ein paar Stunden alleine zu verbringen. Der Alkohol leistete uns Schützenhilfe.

13.8.1973
Tanzensemble Shok
Grundig -Ein Traum
Diebe und Einbrecher

Der Abend hatte uns geschafft, mehr als wir
gedacht hatten. Wir schliefen bis in den Vormittag
hinein, frühstückten um uns gleich wieder hinzulegen.
Gegen Mittag hatten wir uns soweit erholt, dass wir
uns aufrafften, das Mittagsmahl zu uns zu nehmen..Am
Nachmittag fuhren wir in die Stadt, um einen Streifzug
durch die Geschäfte zu machen. Wein war natürlich
immer noch nicht zu bekommen. Mit der Verteilung
von Waren schien es hier in der SU nicht zu klappen.
150 km westlicher, in Cernovtsy gab es Wein genug, in
Kiew, das bezweifelten wir nicht, ebenfalls. Aber hier?
Wovon sollten wir leben?

Um 19 Uhr waren wir mit Arnold und Edik im
Sommertheater verabredet. Es tanzte das Moldauer
Volkstanz Ensemble Shok. Edik, der selber schon
einmal als Schlagersänger im Sommertheater gastiert
hatte, kannte den Direktor des Ensembles. Um seinen
alten Freund zu begrüßen, schleppte er uns zum
Bühneneingang. Es war eine große
Wiedersehensfreude, als er ihn entdeckte.

„Er ist ein ausgezeichneter Geiger und Trompeten-
spieler," erklärte er stolz und stellte uns ihm vor.

Der Herr gab uns die Hand. Seine Gebärden waren äußerst feminin, und er strich sich von Zeit zu Zeit mit einer eleganten Bewegung über seine pechschwarzen Haare.

„Aus der BRD sind Sie," stellte er mehr zu sich selber als zu uns fest.

„Ach", und er schwelgte, mit seinen Händen in der Luft Düfte verteilend, die ihn umgaben!

„Mein großer Traum. Ich möchte auch einmal in die BRD. Ich möchte eine Stereoanlage und ein Tonband von Grundig kaufen."

Edik hatte ihn wohl angesteckt. „Der Plan ist ohne weiteres realisierbar", gab Edik auf meine Bedenken hin zu verstehen. „Bei der Menge von Geräten, die eine Gruppe mit sich schleppt, würde keiner etwas bemerken."

Da hatte er keine Sorgen. Nur, wie kam man in die BRD?

Wir gingen zum Haupteingang zurück. Hier hatten sich schon einige Zuschauer versammelt. Hier trafen wir auch noch einmal auf den Direktor des Ensembles.

„Shok ist", sagte er, „ohne zu übertreiben, eines der besten Ensembles dieser Art in der UdSSR, ja vielleicht sogar in der Welt." Als wir in Brasilien gastierten, waren die Zuschauer außer Rand und Band. Jede Vorstellung war überfüllt. Im kommenden November starten wir eine Tournee durch Frankreich, Holland, Belgien, Luxemburg und die Schweiz. Tja, heute wird es wohl nicht so voll. Im Stadion ist heute eine Schlagerveranstaltung. Man erwartet ungefähr 40.000 Besucher. Das werden wir wohl zu spüren bekommen."Der Direktor besorgte uns einen Platz und setzte sich zu mir. Er gab mir flüsternd Erklärungen.

„Unser Ensemble hat viele Ehepaare. Und die, jetzt ganz rechts, sind verheiratet.das Mädchen da vorn ist „verdiente Schauspielerin der Republik". Und die auch."

Das waren Auszeichnungen, die nur wenige Künstler in der UdSSR bekamen. „Der Titel "Verdienter Artist der UdSSR" ist die höchste Auszeichnung für Künstler.

„Kein Kostüm wiederholt sich", flüsterte er während eines Tanzes. Tatsächlich. Ich hatte nicht darauf geachtet. Die Tänzer erschienen bei jedem neuen Tanz in anderen Kostümen. Die Schau war feurig, mitreißend und die Leistung der Tänzer einfach nur großartig. In der Pause verschwand der Direktor für eine Weile und kam mit zwei Ansteckadeln mit der Aufschrift: – Shok – Kishinew" zurück.

Sissi und ich bedankten uns vielmals. Für Sowjetbürger waren Abzeichen jeder Art ein beliebtes Sammelobjekt. Sie konnten sich kindisch über Abzeichen freuen. An Kiosken gab es sie zu hunderten. Oft wurden wir von Kindern um Abzeichen angebettelt. Am Schluss der Vorstellung bedanken wir uns nochmals für diese einzigartige Darbietung. Wir schworen uns, in der SU nie wieder in eine solche Vorstellung zu gehen. Sie konnten nur schlechter sein.

Edik war verschwunden. Wo war er? Arnold gab uns Aufklärung. In der Pause hatte er fort gemusst. Etwas war mit seiner Frau. Es war nicht einmal mehr Zeit gewesen sich zu verabschieden. Wir sollten ihn auch nicht wiedersehen.

Durch den Kulturpark, hier lag das Sommertheater, spazierten wir zurück. Im Intourist Hotel aßen wir noch einen Salat und tranken Wodka. Plötzlich drehten alle Anwesenden ihre Köpfe zur Tür.

„Das ist der Sänger, der es geschafft hat, heute 40.000 Menschen ins Stadion zu locken. Er ist einer der berühmtesten Schlagersänger der ganzen UdSSR", raunte uns Arnold zu.Der Sänger und sein Anhang belegten den Tisch neben uns.

Ich wollte die Wagentür öffnen und stutzte. Wie? Ich habe die Wagenfenster offen gelassen? Das gibt es nicht. Und da hörte ich schon von Sissis Seite den Schrei des Entsetzens.

„Mei, Udo, das gibt es doch nicht"! Auch ihre Scheibe war halb heruntergekurbelt. Man musste uns bestohlen haben. Wir schauten ins Innere. Ja, die Schallplatten, die wir heute gekauft hatten, waren verschwunden. Sämtliche Bücher, der Straßenatlas, die ADAC Routenkarten, Campingführer und das Buch über Antike Kunst Griechenlands fehlten ebenfalls.

„Das gibt es doch nicht!", rief Sissi wieder. Sie konnte es nicht fassen.   ^

„Wie sind die nur in den Wagen gekommen?"

Ich eilte zur Kofferraumhaube. Ich konnte sie aufziehen. Es durchfuhr mich ein eisiger Schreck. Hier befanden sich die Kamera und der Fotoapparat, Filme und das Tonbandgerät und ein Stativ. Ich hob die Haube hoch. Puh …Hatten wir ein Glück. Alles war noch da. Das verstehe, wer will. Entweder sind die Diebe überrascht worden oder sie haben im Wagen an etwas gezogen, wussten nur nicht, welche Funktion der Zug hatte. Das war tatsächlich Glück im Unglück.

„Das muss uns hier passieren", sagte Sissi. „Ausgerechnet hier, wo wir am wenigsten damit gerechnet haben. Direkt vor der Nase der Polizei und dem Intourist-Hotel. Auf einer beleuchteten Straße. Nicht zu fassen."

Ein Milizionär kam in unsere Nähe. Sissi stürzte sich gleich auf ihn. Sie erzählte aufgeregt vom Vorfall.

„Was ist denn gestohlen worden?", fragte er.

„Unsere ganzen Reiseunterlagen sind fort, Bücher und Schallplatten."

"Das ist doch nicht so tragisch. Das war ein Lausbubenstreich."

Wir wollten aber nicht vergessen. Wir mussten diesen Diebstahl polizeilich melden, um Schadensersatz zu bekommen. Schließlich hatten wir für solche Fälle eine Versicherung abgeschlossen.

„Ein Protokoll?", rief er. „Aber doch nicht heute Nacht. Kommen Sie morgen wieder, wenn Sie den Diebstahl unbedingt melden wollen."

Arnold hatte sich schweigend zurückgezogen. Es war ihm zu gefährlich in diesem Fall mit verwickelt zu werden. Er schrieb gerade seine Dissertation. Wenn er ins Zwielicht geraten würde, hätte es am Ende seine Karriere zerstören können. Wir vermieden peinlichst zu erwähnen, dass wir in Begleitung gewesen waren.

Auf der Fahrt zum Campingplatz stellten wir fest, dass noch einige andere Sachen fehlten. Das Handschuh-fach hatte man auch ausgeräumt. Zwei meiner Pfeifen, Kugelschreiber und den Kompass hatte man auch gestohlen.

14.8.1973
Protokolle
Fingerabdrücke
Neue Biersendung

Gegen 13 Uhr erreichten wir das Polizeigebäude. Ich erwähne den Zeitpunkt, weil bis zum Ende der Untersuchungen viel Zeit verstrich. Auf der Straße trafen wir Arnold.

„Ah, Arnold. Guten Tag. Wir sind gerade auf dem Weg zur Polizei."

„Erwähnt bitte nicht, dass ich bei euch war."

Man sah ihm an, dass ihm gar nicht wohl in seiner Haut war. Im Polizeigebäude führte man uns zum wachhabenden Offizier. Der Milizionär von gestern Abend war auch im Zimmer und klärte den Offizier mit kurzen Worten auf.

„Wann haben sie den Diebstahl bemerkt?", fragte er.

„Etwa zur gleichen Zeit, als wir ihren Kollegen trafen."

Ich deutete mit dem Kopf auf seinen Kollegen, der ihm in Ukrainisch erklärte, was vorgefallen war. Dann nickte der Wachhabende. Er war in Zivilkleidung, klein gebaut und wirkte wie ein durchtrainierter Sportler. Sein Gesicht hatte recht einfache Züge.

Seine Schläue und Routine sollten wir noch spüren bekommen.

„Ja, dann erzählen sie mal. Um wie viel Uhr sind sie zum Auto gekommen?"

„Es war etwa 22:30 Uhr."

„Wo stand das Auto?"

„Auf der Straße. Vor dem Intourist Hotel. Die Straße war gut beleuchtet und belebt.So hatten wir keine Bedenken."

„Warum haben Sie es nicht auf den eigens dafür vorgesehenen Parkplatz hinter dem Intourist Hotel gestellt?"

„Wir sagten doch schon, der Platz schien uns ausreichend sicher. Von dem Parkplatz wussten wir nichts."

„Ja, das ist einleuchtend."

Er stellte Fragen, die nicht ohne Verfänglichkeit waren. Immer wieder fragte er nach Anzahl, Aussehen und Wert der Gegenstände. Er fragte so, als ob wir ihm noch nie was erzählt hätten. Scheinbar wollte er uns prüfen, ob wir Sachen angaben, die nicht gestohlen wurden. Immer wieder die gleichen Fragen.

Wir kamen uns nicht vor wie Bestohlene, sondern wie die Diebe. Oft unterbrach er auch und lenktevom Thema ab.

„Wie hoch ist das Strafmaß, falls sie den Dieb schnappen?", fragte ich.

„Maximal 5 Jahre", sagte er lässig. Wir wollten im Grunde ja nicht, dass sie ihn schnappen. Wir woll-ten nur eine Bescheinigung über den Tatbestand, um von der Versicherung Schadensersatz zu bekommen.

Ein Protokoll wurde angefertigt, welches ich unterschrieb. So, das war es also.

Nein, es war nicht. Ein Hauptmann Zelenko wurde gerufen. Hauptmann Zelenko wollte mich noch einiges fragen, während Sissi mit der Spurensicherung zum Auto schritt.

Hauptmann Zelenko war klein und zierlich und sprach so leise, dass ich dreimal hören

musste, um einmal zu verstehen. Das Spiel begann von vorn. Er stellte mir die gleichen Fragen. Nur wiederholte er sich nicht ständig, wie es sein Kollege getan hatte. Ein weiteres Protokoll wurde ange-fertigt. Er schrieb es für mich und fragte, ob alles so stimmt. Es war schwer zu sagen. Der Herr hatte eine fürchterliche Handschrift, die eher einer durchgehen-den Linie als einer Schrift glich. Er las auf meine Bitte hin vor: am 13.August 1973 kam ich mit meiner Freundin aus dem Theater.

Wir gingen auf ein paar Minuten ins Restaurant des Intourist Hotels. Als wir ungefähr 23:30 Uhr zum Auto kamen, bemerkte ich, dass die Fensterscheiben bis zur Hälfte heruntergekurbelt waren. Wir stellten fest, dass Gegenstände im Wert von ca. 100 Rubel gestohlen waren.

Farbenangaben, Stückzahl und Bezeichnun-gen folgten ...

„Hiermit erkläre ich, dass ich der russischen Sprache in Wort und Schrift mächtig bin. Alle Angaben entsprechen der Wahrheit."

Das musste ich noch unterzeichnen. Dann gingen wir auf den Hof zu Sissi und dem Spurensuch-er. Ein Milizionär erstellte hier ebenfalls ein Protokoll. Fingerabdrücke wurden gemacht und das Auto auf Anzeichen eines gewaltsamen Einbruchs untersucht. Ein richtiger Trubel war das. Neugierige stand herum, und 5 Polizisten beschäftigte sich mit dem Auto.

Der diensthabende Offizier rief mich, er war aus seinem Büro herausgekommen, und fragte geheimnisvoll:

„Udo, wann seid ihr zum Auto zurückgekommen?", „23:30 Uhr", sagte ich erstaunt.
„Was? Du hast mir doch 10:30 Uhr gesagt". Er duzte mich einfach.

„Nein! 2330 Uhr," wiederholte ich.

„Ja, ist gut. Eh … übrigens, der Hauptmann Zelenko fährt mit euch noch zum Campingplatz. Er wird sich euer Zelt anschauen. Es kann sein, dass ihr versehentlich etwas übersehen habt."

Das war natürlich Blödsinn, aber was sollten wir machen?

Gegen 17:30 Uhr folgten wir einem Jeep zum Campingplatz. Der Hauptmann sah so flüchtig in unser Zelt hinein, dass wir uns diese Fahrt hätten sparen können. Die Administration des Platzes war schon über den Diebstahl informiert worden. Der Herr mit der Chruschtschow-Glatze unterhielt sich abseits leise mit dem Hauptmann. Was hatten die da zu tuscheln? Ich ging hin. Sie waren damit einverstanden. Sehr wahrscheinlich

hatte sich Herr „Chruschtschow" von der leisen Sprache des Hauptmannes anstecken lassen, da das Gespräch flüsternd verlief. So, jetzt hatten wir es endlich hinter uns gebracht. Aber leider war es weiterhin nicht so weit. Wir mussten noch einmal mit in die Stadt zurück. Na, das war doch ein heiteres Spielchen. Es fehlte nur noch, dass man sagte:

„Meine Herrschaften, die Milz hat befunden, sie sind nicht bestohlen worden, sie sind die Diebe. Hände hoch!"

Man schleppte uns zu dem Chef der Intourist Organisation. Der saß breit hinter seinem Schreibtisch. Auch er war schon genauestens informiert.

„Die Miliz hat mir von dem bedauerlichen Vorfall berichtet." Er wurde ganz feierlich.

„Wir werden uns bemühen, die Sachen wiederzufinden. Falls man den Täter schnappt, bekommen Sie die Sachen zurück, oder Schadensersatz."

Mit anderen Worten: Falls die Sachen nicht gefunden werden, gehen wir leer aus. Toll. Und eine Bestätigung, dass wir die Sachen als Diebstahl gemeldet haben, konnten wir vergessen. Solange der Fall nicht aufgeklärt war und bearbeitet wurde, bekamen wir keine Bestätigung.

Nun war es schon fast 19 Uhr. Der Nachmittag war futsch und wir keinen Schritt weiter. Das hätten wir uns alles sparen können. Auf dem Campingplatz trafen wir Arnold wieder, dem wir viel zu erzählen hatten. Zum Abschied von Vinniza, das wir morgen gerne verlassen würden, und von Arnold, setzten wir uns in die Kantine und feierten mit Sekt und Wodka Abschied. Alle Tische warfen besetzt und wir fanden nur mit Mühe einen Platz. Der Grund? Die Kantine hatte eine neue Bierlieferung bekommen. Solange der Vorrat reicht, wurde getrunken, was das Zeug hält.

Es wurden alle Bestände gleich an Ort und Stelle vernichtet. Das Gelage zog sich bis zur Schließung der Kantine hin.

Wir waren durch den Vorfall ohne jede Unterlagen, aber Arnold schenkte uns den „Kleinen Weltatlas", damit wir nicht ganz ohne sind. Der zeigte zwar keine Straßen, dafür aber alle anderen Daten unserer großen Welt. In Deutsch schrieb er eine kleine Widmung ins Buch, sie rührte uns sehr.

„Liebe Franziska und Udo wünsche euch eine gute Reise. Seien Sie wachsam.Bleiben wir Freunde-Frieden für die ganze Welt. Seid glücklich. Vinniza, dem 14. August 1973

15.8.1973

Kiew - Stadt der ersten Kategorie

Heiße Dusche

Auf dem Weg von Vinniza nach Kiew war uns das Wetter nicht hold. Von der Sonne hatten wir bisher nicht viel gesehen und das Wetter drohte eher schlechter zu werden. 90 km vor Kiew legten wir eine Rast ein. Das Lokal war recht gut eingerichtet und hielt allen Ansprüchen, die man bei uns im Westen stellt, stand. Das heißt, nicht allen. Das Küchenpersonal saß schwatzend an den Ti-schen und schielte zu uns herüber. Die Toiletten waren eine reine Katastrophe. Auf dem Hinterhof stand ein Holzverschlag,worin sich das berühmte Loch befand. Der Geruch darin war allzu menschlich.

Aber Wein gab es zu unserer großen Freude wieder. In der sozialistischen Welt gabes tatsächlich Wein. Wenn er auch aus dem Orient kam und synthetischer Natur war.

Eine große, zweispurige Straße führte in Kiew zum Campingplatz. Ganz verständlich war es nur nicht, warum man diesen Platz unbedingt direkt neben der Schnellstraße erbaut hat. Die Verkehrsgeräusche drangen fast zu jedem Eckchen am Platz.

„Jetzt lassen wir uns auf keine Diskussionen ein," sagte Sissi fest entschlossen.

„Hier werden wir ein freies Leben führen ohne russische Begleitung."

„Ich glaube auch, dass es bei der Größe des Platzes nicht möglich sein wird, einen Dolmetscher nur für uns abzustellen."Ich behielt Recht. Ein Dolmetscher war nicht einmal zur Hand und ein junger Mann fuhr mit uns durch das Territorium, und wir durften uns einen Platz aussuchen. Hier waren wir nicht mehr die einzigen Deutschen. Sie waren gleich in Scharen vorhanden. Schon von weitem winkten uns die Franzosen. Sie waren am gleichen Tag abgefahren wie wir und hatten sich schon häuslich eingerichtet. Wir wählten einen Platz neben ihnen. Platz Nr. 13. Ich bin nicht abergläubisch, und auch Sissi machte die Nummer keine Sorgen. Wir gingen die sanitären Anlagen auskundschaften. Ja, war das eine Wohltat. Es gab heiße Duschen die sogar funktionierten. Und ich konnte mich elektrisch rasieren. Und Spiegel gab es auch. Wenn auch nur einen. Meine Freude währte nur kurz. Bei der ersten Rasur, bzw. dem Versuch, stellte sich heraus, dass der Strom nicht floss. Ja, dann eben weiter Nassrasur.

Es war die erste Bekanntschaft mit einer Großstadt in der UdSSR. Eine Stadt erster Kategorie.

Wir stellten das Auto bei der Markthalle ab und vergewisserten uns genau, ob nicht eine Tür offen war oder irgendetwas anderes einen Einbruch provozieren könnte. Gebranntes Kind scheut das Feuer. Hier lag nun die Kreschtschatik vor uns, die berühmteste Straße Kiews. Wie ein schwarzer Streifen zogen sich die Menschenmassen auf den Bürgersteigen entlang. In den Geschäften lagen Waren gestapelt, die man in kleineren Städten nur mit Mühe, oder gar nicht bekam.

Die Menschen waren nur wenig anders gekleidet als im Westen. Ich sah Jeans-Anzüge, Nietenhosen, kurze Röcke und Kleidung, die sich auch mit der unseren, in Deutschland und anderswo, messen konnte. Das Makeup allerdings war oft wenig dezent. Wenn die Frauen es trugen sah man auch etwas davon. Die Gesichter waren getüncht und der Lidstrich artete manchmal in einen Lidstreifen aus. Manchmal hatte ich das Ge-fühl vor einer Vogelscheuche zu stehen.

16.8.1973

Waschtag platzt

Grusinisches Restaurant

Treffen mit der DDR

Es wurde höchste Zeit, mal einen Waschtag einzulegen. Als wir aufwachten, sahen wir einen dunklen Himmel und viel Regen. Alle guten Vorsätze Sissis heute zu waschen, wurden fortgespült. Wir waren im Zelt gefangen. Ein Schirm musste her, denn mein Schirm wurde in Vinniza mit den anderen Sachen gestohlen. Der Regen konnte uns nicht abhalten, am Nachmittag in die Stadt zu fahren. Vielleicht konnten wir sogar einen Regenschirm kaufen. Wir durchsuchten zwei Kaufhäuser und fanden einen Regenschirm. Seine Größe war bescheiden und der Preis das Gegenteil. Acht Rubel, nein, das war zu viel. Davon konnten wir vier Flaschen Wein kaufen. So vergaßen wir schnell das Vorhaben. In der unteren Etage des Kaufhauses stand eine lange Menschenschlange. Sie standen nach einem Gebäckstück an, in welchem sich Hackfleisch befand. Ich bekam Appetit. Aber die Schlange war länger als mein Appetit groß. Ich kaufte einen Milchcocktail schon einmal. In Vinniza hatten wir Bekanntschaft mit diesem köstlichen Getränk gemacht. Wir ließen keine Gelegenheit aus, wann immer wir diesen Cocktail sahen. Neben dem Kaufhaus „Ukraina" stand ein ganz neues und feudales Hotel.

Das Beste an dem Hotel waren die Toiletten. Wie konnte man sich doch über Kleinigkeiten freuen. Alles war da. Toilettenbecken, Papier, Spiegel und Handtücher. Sissi war begeistert und kam mit verklärtem Gesicht zurück. Erst die unfreundliche Bedienung brachte sie auf den Teppich zurück.

Dann begann unsere Suche nach Wörterbüchern. Wir hatten uns in dieser Beziehung einiges vorgenommen. Alle russisch-deutschen und deutsch-russischen Wörterbücher, die uns in die Hände gerieten, sollten gekauft werden. Es gerieten uns nur keine in die Hände. Auch in den renommiertesten Geschäften, die uns vor Antritt der Reise durch Dozenten empfohlen wurden, sahen wir keine Wörterbücher. Ein junger Mann in dem Bücherladen „Technik" bediente uns sehr freundlich. Er gab uns auf jede Frage eine Antwort.

„Ja, die Wörterbücher, gerade in Deutsch, sind bei uns eine Mangelware. Sie werden bei Erscheinen schon gleich unter dem Ladentisch verkauft."

Wir wählten ein paar Lehrbücher unseres Spezialfaches und mussten uns leider damit zufriedengeben. Es gab keine Wörterbücher.

Es war schon spät geworden und wir fragten den Verkäufer:

„Kennen Sie ein Restaurant, in dem man Nationalspeisen bekommt?"

„Ja, es gibt einige. Nicht weit von hier ist ein Restaurant mit grusinischen Nationalspeisen. Wenn Sie etwas warten, bringe ich Sie dorthin. Es liegt auf meinem Weg".

Er begleitete uns. Das Essen war vorzüglich und die Bedienung aufmerksam. Und das ist eine Rarität. Vor unseren Augen machte sich die Kapelle zum Spielen bereit. Sie bestand aus sieben Personen. Die Musik, die wir zu hören bekamen, entsprach der Anzahl der Musiker und Instrumente. Die Musik war recht kläglich.

Dafür wurden wir durch ein kleines, lustiges Erlebnis entschädigt. Zwei junge Burschen tanzten auf der Tanzfläche einen beatähnlichen Rhythmus. Es muss ihnen wohl jemand gezeigt haben, wie man bei uns tanzt. Sie rollten die Köpfe und zuckten mit dem Körper hin und her, auf und nieder, als ob sie Regen zaubern wollten. Es folgte eine kaum zu beschreibende Ekstase. Und das alles zu dieser jämmer-lichen Musik. Das wirkte so komisch, dass ich in schallendes Gelächter ausbrach, wann immer ich zu ihnen hinsah. Ich musste mich stark zusammenreißen.

Der Campingplatz hatte eine gemütliche Trinkstube. Eine Band ganz besonderer Art spielte. Vier kleine Jungen standen hinter ihren Instrumenten. Sie mochten vielleicht 14 bis 15 Jahre alt sein. Die Besetzung war wie bei uns vor Jahren: Schlagzeug, Bass, Rhythmusgitarre, Sologitarre. Sie spielten eine gute Musik. Der Sound war gut, der Gesang ebenfalls.Wirklich prima Jungs. Sogar die Lautstärke war zu ertragen.

An unserem Tisch wurde sächsisch gesprochen. Da die Herrschaften schon einiges getrunken hatte, ließen sie ihr Russisch auf die Bediensteten los. Die Armen.

Neben Sissi saßen zwei Mädchen. Sie kam mit ihnen ins Gespräch. Die Mädchen kamen aus Leipzig und gehörten zu einer Reisegruppe. Sie waren zwischen 25 und 30 Jahre alt, trugen Jeans und leichte Blusen. Die Kleine, Ingrid, war Doktorin der Theologie, Sibylle war eine Apothekengehilfin. Zwei recht interessante Frauen mit interessanten Berufen. Die Gäste wurden aufgefordert, auszutrinken und zu gehen. Man wollte schließen. Und so kam es, dass wir zusammen mit den Frauen die Trinkstube verließen.

Ihnen war das recht, denn nun konnten die anderen Mitglieder der Gruppe sie nicht mehr hören und sie konnten offen reden.

„Was ist, gehen wir doch noch etwas zu uns“, sagte ich.

„Haben Sie noch etwas Zeit?“, fragte Sissi.

„Rüschtüsch. Do stämo hio rüm. Was söll denn des? Wio gomn geonä mit.“ sagte Ingrid.

Ich machte eine Anspielung auf das Sächsisch.

„Was? Wio dachtn mio rädn hochdeutsch.“

94

Wir gingen zu unserem Zelt und die beiden konnten sich einmal richtig aussprechen und ihren Ärger von der Seele reden. Als Theologin hatte Ingrid keinen leichten Stand in der DDR, aber sie ließ sich nichts gefallen. Sibylle war stiller, konnte sich nicht auflehnen und hätte es auch niemals gewagt.

„Ich hätte niemals den Mut dazu, nicht zur Wahl zu gehen oder den Wahlzettel ungültig zu machen."

„Gibt es Streiks oder Ähnliches bei Euch?", fragte ich.

„Aber klar, gibt es das. Erst neulich war etwas in einem Kombinat los. Oder in Leipzig haben die Studierenden demonstriert. Dabei ist es zu starken Auseinandersetzungen mit der Polizei gekommen."

Wir hatten davon im Westen nichts erfahren. Die Presse und andere Kommunikationsmittel wurden zum Schweigen gebracht. Es war sehr spät geworden und wir verabschiedeten uns.

17.8.1973

Biljaschi

Post

Dann schleppten wir unsere ganzen Bücher in die Poststelle. Sie befand sich auf einer Verlängerung der Prachtstraße Kreschtschatik. Wir hatten ziemlich lange zu warten. Wir bekamen eine Kiste vor die Nase gestellt.

„Wohin?"

„In die BRD."

„Da sind Sie hier falsch."

„So? Wo müssen wir denn hin?"

„Zum Hauptpostamt. Das ist auf der Kreschtschatik. Drei Haltestellen weiter."

Ich merkte, dass die Menschen hier in Haltestellen und Kreuzungen dachten, was Entfernungen anging. Na gut, jetzt hatten wir so lange gewartet, dann würden wir das eben noch einmal machen. Da lag das Hauptpostamt. Wir suchten die Paketannahme und fanden sie schließlich auch. Nach längerer Wartezeit waren wir dran.

„Wohin?"

„In die BRD."

„Da sind sie hier falsch." „So?

"Wo müssen wir hin?"

„In die Post. Wir nehmen hier nur Pakete an.
Sie müssen die Bücher als Päckchen aufgeben. Gehen Sie
zum Schalter 17."

Ich merkte, die Leute dachten hier, was die
Zuständigkeit angeht, in Schaltern. Na gut. Jetzt hatten wir
schon Stunden gewartet, dann würden wir auch noch
weitere Stunden aushalten. Wir schleppten uns und die
Bücher zu Schalter 17. Er lag im Haupt-gebäude
zusammen mit zig anderen Schaltern. Endlich kamen wir
an die Reihe. Eine alte Dame mit Brille schielte über den
Brillenrand.

„Wohin?"

„In die BRD."

„Päckchen bis zu 5 kg."

Das war mir recht. Es war mir alles recht,
wenn sie die Bücher nur nahm.

Umständlich packte sie die Bücher ein. Sie war
schon alt und tat mir leid, wie sie sich hinter dem
Schalter mit den schweren Büchern abplagte.

Sie hatte sechs Päckchen zu packen. Nachdem sie fertig war, mussten die Belege geschrieben werden. Wir hatten die Belege in lateinischen Lettern geschrieben, die sie jedoch nicht lesen konnte. Wir mussten die Belege in kyrillisch angeben.

Die Schlange hinter uns wurde immer länger und ich fühlte mich gar nicht wohl in meiner Haut.

Aber die Menschen waren gewohnt, zu warten. Sie standen diszipliniert in der Reihe und lehnten sich nicht auf. Wir bezahlten 5 Rubel und hatten es nach 4 Stunden geschafft.

Das war eine Flasche Wein wert. Mit Gesang und guter Laune, mit wohlverdientem Wein, verbrachten wir den Abend.

18.8.1973
Victor und Svetlana
Kulturpark
Bungalow

Wir saßen im Auto und bahnten uns den Weg durch die kleinen Gassen des Campingplatzes und hatten vor, nach Kiew zu fahren. Sissi wollte noch von der Poststation am Platz ein Gespräch mit ihrer Mutter führen. Da kam von der Seite ein Mann auf uns zugelaufen und winkte wild.

„Wo wart ihr gestern? Wir haben euch schon gesucht".

Da erkannte ich einen der Jungen aus dem Waschraum. Wir hatten nicht mehr an sie gedacht. Was nun?

„Das ist aber dumm. Wir wollten gerade zum Telefonieren in die Stadt. Wir haben uns zu einer Stadtbesichtigung angemeldet."

„Was, zu einer Stadtbesichtigung? Das können wir doch machen. Ich kenne die Stadt besser als jeder Fremdenführer. Kommt mit, meine Frau wartet im Wagen. Ich stelle sie euch vor."

„Wir müssen erst telefonieren. Dann kommen wir", entgegnete Sissi.

„Gut. Sagen wir in einer halben Stunde? Wir warten auf dem Parkplatz."

Da konnten wir nichts machen. Aber das war vielleicht ganz gut so. Wir waren jedoch schon den letzten Tag hier und hatten außer Büchern von der Stadt noch nichts gesehen. Sollten sie uns in Gottes Namen führen.

„Darf ich vorstellen, Swetlana, kurz Sveta, meine Frau, und das ist unser Sohn."

Auf dem Rücksitz saß ein Säugling und lallte vor sich hin. Wir stellten uns kurz vor und schon fuhren wir dem Paar nach Kiew hinterher.

Ich musste Victor wirklich bewundern. Er hatte fundierte Kenntnisse über die Stadt, konnte alles erklären und mit Zahlen und Fakten belegen. Die Sophienkirche und Andreaskirche gehörten ebenso zu seinem Repertoire wie der Gidropark, ein Kulturpark, der nur zur Erholung geschaffen wurde. Von hier aus waren über den Dnepr hinweg die in der Sonne gleißenden goldenen Kuppeln der Erlöserkirche zu sehen.

Sveta studierte noch und Victor war bei der Aeroflot angestellt. Er musste hervorragende Beziehungen haben. Er trug einen Jeansanzug der neuesten Machart, hatte seinen Berichten nach ein Tonbandgerät, eine 16 mm Filmkamera und alles, was man sich sonst an technischen Geräten wünschen kann.

Dazu noch ein Auto.

„Zusammen mit den Schwiegereltern haben wir uns das Auto gekauft", erklärte er. „Wir benutzen es abwechselnd."

Wir saßen auf der Terrasse eines Lokals mit Ausblick auf den Dnepr. Auf dem Fluss tummelten sich die Motorboote in solchen Scharen, dass ich nicht glauben konnte, in einem sozialistischen Staat zu sein. Wie die Besessenen fuhren die Leute in ihren Booten hin und her. Woher hatte sie das viele Geld, sich so etwas leisten zu können? Waren das die Menschen des Proletariats? Manchmal kreuzte ein Passagierschiff unsere Blicke. Sie waren alle sehr schnell und fuhren. Sie hatten Flügel, die das Schiff aus dem Wasser hob. Dadurch entwickelten sie sehr hohe Geschwindigkeiten. Victor konnte uns das verständlich erklären. Er war Spezialist für Aero-dynamik. Der Nachmittag verflog im Nu, und es wurde Zeit, an Aufbruch zu denken.

Da wir morgen einen langen Reisetag nach Kishinew vor uns hatten, mit 650 km, die bei den Straßenverhältnissen bestimmt einen vollen Tag er-forderten, bauten wir das Zelt heute ab und mieteten uns für eine Nacht einen Bungalow.

Sveta und Victor wollten uns am Abend noch einmal besuchen. Wir konnten es ihnen nicht ausreden. Während wir das Zelt abbauten, saßen sie da, wie zwei Ölgötzen, und wussten nicht, was sie tun oder sagen sollten.

Das war uns sehr peinlich. Victor packte eine Tasche aus und zog allerhand an Geschenken für uns heraus. Unter anderem waren dabei Informationsmaterial über die Aeroflot, ein großes russisch-englisches Wörterbuch, Äpfel und Schreibpapier mit Aeroflot-Zeichen. Was konnte diese Leute bewegen, uns so zu beschenken? War es pure Höflichkeit? Wir wussten es nicht. Victor packte mit an und half mir, die Zeltplanen zu falten. Sissi fragte verlegen ob sie etwas benötigen könnten.

Sie schüttelten den Kopf. Sie waren wunsch-los glücklich und begleiteten uns zum Bungalow. Der bestand aus einem Verschlag mit Elektrizität und drei Betten und einem dürftigen Tisch.

19.8.1973
Erstaunlich gute Straßen
Eindruck von Odessa
Kishinew - Moldawien

Um 7 Uhr früh waren wir bereit, die lange Fahrt anzutreten. Mit zunehmendem südlichem Breitengrad veränderte sich auch die Landschaft. Die weiten Ebenen wichen einer Hügellandschaft, die Erde war nicht mehr schwarz, sondern rötlich. Die Vegetation wurde spärlicher, und die Sonnenblumenfelder, die sich unendlich weit erstreckten, waren verwelkt.

Die Qualität der Straßen war deutlich besser, als wir erwartet hatten. Einige Albträume von den Straßen, die wir bis Kiew gefahren waren, hatten uns sehr misstrauisch gemacht. Das war auch der Grund, dass wir von Kiew so früh aufgebrochen waren. Wir durften natürlich keine Autobahnen erwarten, das war klar. Aber die Landstraßen waren meist eben, manch-mal etwas buckelig, aber es gab keine Schlaglöcher.

Gegen 13 Uhr erreichten wir schon Odessa. Es erscheint vielleicht komisch, dass wir über Odessa nach Kishinew fahren. Nach den vier Tagen in Kishinew würden wir nach Odessa zurückfahren, und zwar für 14 Tage. Warum also? In der SU gibt es für Touristen vorgeschriebene Wege. Einen Touristenweg von Kiew nach Kishinew gibt es nicht. Man muss den Umweg von ca. 200 km machen, ob man will oder nicht. Wir hielten in Odessa in der Straße Puschkinskaja beim Opernhaus. An der Häuserfront hing ein Schild: Schaschlitschna.

Doch es gab kein Schaschlik es wurde ein Huhn serviert. Das Huhn war flach, als ob man es mit einer Dampfwalze überfahren hätte. Wir gingen wieder, der Hunger blieb. Wir gingen zum Restaurant Bratislawa. Ein riesiger Bau. Restaurants in vier Etagen. Für jede Klasse in der klassenlosen Gesellschaft ein eigener Raum. Unten die Bürger der SU, in der nächsten Etage die Touristen, darüber für Reiche und oben ein Restaurant in dem man keinen Wein bekam, nur harte Sachen.

Wenden wir uns aber wieder der Fahrt zu. 177 km trennten uns noch von Kishinew, der Hauptstadt Moldawiens. Die Grenze zwischen den einzelnen Republiken wurde durch ein großes, schmales Schild angezeigt. Doch auch ohne Schild wäre gleich aufgefallen, dass wir in einem anderen Land waren. Die Landschaft wurde grüner, Weingärten, so groß wie die Sonnenblumenfelder der Ukraine. Moldawien belieferte die gesamte SU mit Weinen, die zu den besten der UdSSR zählten.

Kishinew ist eine sehr betriebsame Stadt. Die Menschen sind anders als in der Ukraine. Sie sprechen ihre eigene Sprache, die für unsere Ohren völlig unverständlich klingt. Viele Geschäfte tragen moldawische Namen und selten sahen wir die russischen Schilder Chleb=Brot-Bäckerei.

Am Dnjestr, 1 km von Kishinew entfernt, lag unser Campingplatz. Warum er so weit entfernt von der Stadt lag, war mir ein Rätsel.

Bei der Ausfahrt aus Kishinew erlebten wir unsere erste Polizeikontrolle. Ein Milizionär stand an der Ausfallstraße und winkte mit einem schwarz-weißen Stab schräg zur Erde. Ein Zeichen zum Stehenbleiben. Jetzt ging uns ein Licht auf.

Auf der Straße von Kiew nach Odessa hatten wir schon einmal einen Mann dieser Art gesehen. Doch wir dachten, was stellt sich mit einem Knüppel auf die Straße? Ist das ein Gummiknüppel? Wir rasten an dem Mann vorbei. Im Rückspiegel konnte ich sein entgeistertes Gesicht sehen. Hier hielten wir vorsichtshalber an. Der Mann könnte ja wirklich etwas von uns wollen.

„Ihren Pass, bitte", befahl er kühl. „Wohin fahren Sie?"

„Zum Campingplatz. Ist doch der richtige Weg hier, nicht?"

„Jawohl, geradeaus. Bitte schön." Er reichte mir die Pässe zurück.

Am Platz empfing uns eine Dolmetscherin. Sie war eine Deutsch-Studentin aus Leningrad und kümmerte sich um uns. Sie wies uns den Platz zu und zeigte uns alles Wichtige. Am Abend machte ich mit Sissi einen Spaziergang am Dnjestr. Hättest du dir träumen lassen, dass wir eins Tages am Dnjestr spazieren gehen?" fragte mich Sissi.

20.8.1973

Der Waschtag wird Realität
Woher bekomme ich eine Zahnbürste
Schlamm bis zu den Knien

Endlich hatte Sissi ihren Waschtag und nichts konnte sie davon abhalten. Das Wetter war günstig, Nur ich stand ihr im Weg.

Ich zog natürlich meine Konsequenzen und verkrümelte mich in die Stadt. Ich hatte Einkäufe zu erle-digen. Das machte ich recht gerne, auch wenn es sich nur um Brot, Fleisch, Milch und Mais handelte. So war ein Einkauf in einer fremden Stadt etwas Schönes und Aufregendes für mich.

Eine Zahnbürste musste ich auch kaufen. In Kiew hatte ich am letzten Tag die Zahnbürste verloren. Fleisch, Milch, Brot und Reis hatte ich schnell zusammen. Nun betrat ich ein übervolles Kaufhaus und fragte nach der Zahnbürsten-abteilung.

„Entschuldigen Sie bitte, wo bekomme ich eine Zahnbürste?" fragte ich eine Verkäuferin, die apathisch auf einem Hocker saß. Sie schaute mich nicht an.

„Gibts nur in einer Apotheke!", bekam ich zur Antwort.

Ich hätte ihr ja zu großem Dank ver-pflichtet sein müssen, dass sie den Mund überhaupt aufgemacht hat. Ich hätte es gerne honoriert, nur hatte ich leider keine Zeit mehr und das Gewimmel ging mir auf die Nerven.Ich schaute mich nach einer Apotheke um, und mir schien, als gäbe es in ganz Kishinew keine einzige.

Ich entschied mich, heute meine Zähne mit dem Finger zu putzen. Als ich zurückkam, war Sissi schon fertig. Dann konnten wir ja baden gehen. Ein Bad im Dnjestr. Wir wanderten am Ufer entlang und suchten eine geeignete Stelle.
Ein paar hundert Meter weiter fanden wir einen Sandstrand. Da mussten wir hin. Der Weg dorthin war recht beschwerlich. Die Ufer des Flusses waren völlig verschlammt. Wir mussten unsere Schuhe ausziehen. So wateten wirdurch den Schlamm, was uns mit der Zeit Freude bereitete.
Vor uns liefen ein paar Kinder, die sich im Schlamm gesuhlt hatten. Sie waren von oben bis unten schwarz. Sie schrien, spielten Fangen und kratzen sich am Kopf, der vor Schlamm starrte. Zu einem Bad im Dnjestr kam ich dennoch nicht. Er war so stark verschmutzt, dass ich verzichtete. Wir legten uns in den Sand. Ich vertrieb mir die Zeit mit einem Chemiebuch, welches ich in Cernovtsy einem Mädchen für 2o Kopeken abgekauft hatte.

Zum Abendessen hatte Sissi die Idee die ersten Maiskolben ihres Lebens zu machen.

„Udo, weißt du wie lange der Mais kochen muss?"

„Keine Idee, koch doch solange bis er weich wird."

„Ich werde ihn noch einmal ins Wasser legen."

Der Maiskolben war auch nach dem Grillen noch etwas hart, schmeckte uns aber trotzdem sehr gut. Wir verbrachten den Abend mit Klampfe und Wein. Das Mädchen aus Leningrad leistete uns etwas Gesellschaft. Sie hörte andächtig zu und wiegte ihren Kopf im Rhythmus. Sie lud uns zum Tanzen ein. Auf dem Platz gab es einen Saal. In diesem war abwechselnd mal Tanz, mal Kino. Heute war Tanz.

21.8.1973
1 km Toilettenpapier
Der Kinderarzt
Tischtennis UdSSR-BRD

Während der Nacht bekam Sissi Durchfall.
Manchmal hörte ich den Reißverschluss des Zeltes,
den Griff zur Papierrolle und ... im Laufschritt
Marsch. Die Arme hatte keine ruhige Minute und war
am Morgen wie ausgemergelt. Mit ihr war heute
nichts anzufangen. Sie legte sich nur hin, um wieder
aufzustehen und mit der Rolle durch die Gegend zu
rennen.

In der Administration arbeitete ein junger
Mann, der Kinderarzt in einer Poliklinik war. Er hatte
Urlaub und arbeitete hier in der Admini-stration.
Manchmal kam er bei uns vorbei und setzte sich.
Heute kam er mir wie gerufen.
Als Sissi sich wieder einmal entfernte, sagte ich ihm,
was mit ihr los war.

„Sie hatte die ganze Nacht schon Durchfall. Was kann
man da machen?"
„Ich kenne ein gutes Mittel. Zumindest wirkt
es bei Kindern ausgezeichnet. Es ist allerdings auch
kostspielig."
Mir waren die Kosten egal. Die
Hauptsache war, dass Sissi wieder gesund würde.

„In dem kleinen Ort ist eine Apotheke. Wir können ja schnell hinfahren, wenn sie wollen." sagte er.

„Aber gerne. Bekommen wir die Pillen ohne Rezept?"

„Normal nicht. Aber ich kann mich als Arzt ausweisen."

Wir fuhren hin. Meine Zahnbürste kam mir auch wieder in den Kopf. Der Arzt bestellte die Pillen für mich und ich bezahlte dafür 5 Rubel. Eine hübsche Summe. Ich frage auch nach der Zahnbürste. Sie hatte leider keine mehr da.

„Von diesen Tabletten muss sie dreimal täglich je zwei nehmen. Zwei von den weißen und zwei von den braunen. Dann dürfte sie morgen wieder in Ordnung sein." erklärte er.

Ich bedankte mich bei ihm. Er versprach wieder vorbeizuschauen, um nachzufragen, wie es Sissi gehe. Er kam später vorbei und setzte sich auf den Rasen, und wir unterhielten uns über Literatur.

„Wenn Sie ein gutes und unterhaltsames Buch lesen wollen, empfehle ich ihnen Die 12 Stühle von Ewgeni Petrow, oder das „Goldene Kalb" von I. Ilf. Was ich immer wieder lese, ist das Buch vom „Braven Soldat Schweik" kennen sie das?"

„Oh ja, das kenne ich sehr gut", erwiderte ich. „Ich habe es in Deutsch gelesen und den Film zweimal gesehen."

„Spielen sie Tischtennis?", fragte er.

„Gerne sogar", antwortete ich. „Gibt es hier eine Möglichkeit?"

„Ja, wenn Sie wollen, kommen Sie mit. Dann spielen wir eine Runde."

In einem Raum war eine schiefe und krumme Tischtennisplatte. Aber das sollte uns nicht abhalten. Zwei Jungen aus Moskau wurden mir vorgestellt. Wir machten ein Match. Jeder gegen jeden. Und soviel ich mich auch abstrampelte, ich verlor knapp, aber ich verlor. Dann schaute ich wieder nach Sissi. Hoffentlich ging es ihr nach den Pillen besser.

22.8.1973

Die Bücher zur Post

Vor unserer Abfahrt nach Odessa brachten wir in Kishinew die Bücher zur Post. Die Wartezeit war obligatorisch und wir standen sie in dem Bewusstsein durch, dass die Eingewöhnungszeit lange dauert. Wir betrachteten alles als unvermeidlich. Wir kamen schließlich zum Schalter.

„Wohin?", fragte die Dame.
„In die BRD" war die lakonische Antwort.
„Haben sie Packpapier?"
„Nein."
„Dann besorgen Sie sich welches. Wir haben keines mehr."
Sissi rannte ins nächste Kaufhaus, und ich verteidigte unseren Platz am Schalter.

Als Sissi zurückkam, waren wir endlich an der Reihe.
„Wie viel kg Päckchen in die BRD?", fragte die Frau ihre Kollegin.
„5 kg", warf ich ein.
„Nein, das ist zu viel. Höchstens 3 kg." Man wurde sich nicht einig und die Chefin wurde gerufen.
„Moment mal", hielt sie inne, „Die können gar nicht verschickt werden. Verschickt werden darf nur Belletristik."

„Aber in Kiew hat man es angenommen", warfen wir protestierend ein.

„Dann sollten die Herrschaften in Kiew mal wieder Postregeln lesen. Tut mir leid."

Da standen wir nun. Wir hatten extra Packpapier gekauft. Die Dame am Schalter sah uns wehleidig an. Wir konnten der Umstehenden Mitgefühl sicher sein. Na, dann eben nicht. Dann versuchen wir es halt in Odessa wieder. Wir packten alles wieder ins Auto.

Einen Platz für die Bücher im Auto zu finden, war schwer. Ich erwähnte anfangs schon, dass jeder Hohlraum im Auto ausgenützt war. So mussten wir die Bücher teilweise zwischen die Füße nehmen.

Gegen 17 Uhr erreichten wir Odessa. Eine polnische Familie hatte uns in Kishinew warnende Worte auf den Weg gegeben. Die wollten wir beherzigen.

„Wenn sie nach Odessa kommen, suchen sie sich den rechten Platz aus", warnte uns der Herr. Der Platz grenzt zur Straße hin an die Straßenbahn und zur Rückseite an einen Rangierbahnhof. Das verursacht sehr starken Lärm."

„Und wo sollen wir uns hinstellen?"

„Am besten in der Nähe des Tennisplatzes. Auf dem wird nicht mehr gespielt. Auf ihm wird Bauholz gelagert. Der Platz ist leicht zu erkennen."

Wir waren dem Herrn sehr dankbar und aßen in dieser klassenlosen Kantine zu Ende. „Klassenlos" deswegen, weil hier die Touristen in breiten Sesseln saßen und bedient wurden und direkt vor unseren Augen sich die Einheimischen ihr Essen holen mussten und auf langen Bänken an langen Tischen saßen. Mir war das peinlich.

Wir fanden den Campingplatz. Er lag 11 km außerhalb von Odessa direkt am Schwarzen Meer. Man brauchte nur über die Straße zu gehen und schon war man am Strand. Der Weg zum Platz war mies, auf gut Deutsch gesagt sogar sehr mies. Dicke Pflastersteine standen aus dem Boden. Das einzige Glatte an der Straße waren eigentlich nur die Straßenbahnschienen.

Die Unebenheiten der Straße hatten einen besonderen Grund, welchen wir später erfuhren. Die Straße war größtenteils auf Fließsand gebaut. Der verursachte die größten Schäden. Selbst das Opernhaus drohte einmal abzurutschen. Man half ihm mit Glasspritzen wieder auf die Beine. Der Unterbau wurde unterspritzt und vielleicht das schönste Opernhaus in der SU wurde gerettet, wenn auch unter erheblichen Kosten.

Bei der Administration empfing uns ein junger Mann mit getönter Brille.
„Do you speak Englisch?", fragte er mich.
„Yes I do", erwiderte ich. „Sie können aber auch russisch mit uns reden."

Er wollte aber nicht.

Mit leicht amerikanischem Akzent redete er auf mich ein und erzählte von Gott und der Welt. Er war mir zu redselig, und ich versuchte, ihn abzuwimmeln. Es gelang mir. Ich weigerte mich konstant, mit ihm Englisch zu reden. Das missfiel ihm offenbar.

Wir richteten unser Zelt dort ein, wo uns der polnische Herr empfohlen hatte. Umgeben waren wir von Russen. Dann gingen wir zum Schwarzen Meer. Es war schon kurz vor Sonnenuntergang und wir steckten heiter unsere schwarzen Füße in das fast ganz ruhige Schwarze Meer.

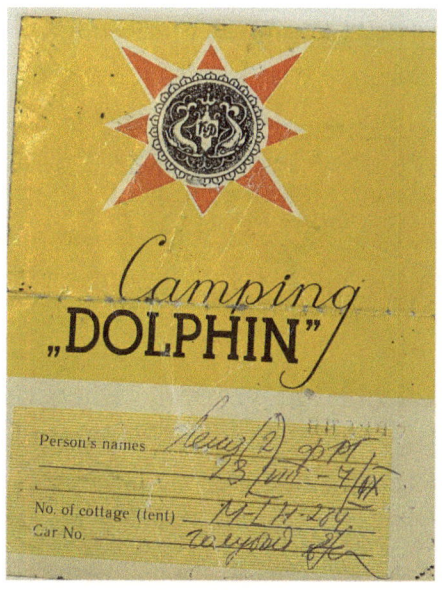

Unser Campingplatz-Ausweis

23.8.1973
Durchfall
Wörterbücher en masse
Stiller Streit

Sissi ging es schon viel besser. Nachts war sie noch ein wenig unterwegs. Dann hatte sie es geschafft, und als sie erwachte, ging es viel besser, und sie konnte schon wieder lachen.

Die Leningrader Studentin bot sich an, uns heute in die Stadt zu begleiten. Wir wollen Bücher kaufen, Wörterbücher. Bevor wir das taten, fuhren wir zum Intourist Hotel der Stadt. Hier bekam ich eine Zahnbürste. Und weil ich so entzückt darüber war, kaufte ich gleich zwei. Eine große und eine kleinere.

Sissi schaute sich noch im Intershop um. Fast in jedem Intershop, den wir besuchten, hatte man diese bemalten Holzbecher und Holzlöffel in verschiedenen Größen.

Die Studentin kannte einige Bücherläden. Aber in den meisten gab es ebenfalls keine Wörterbücher, bis wir dann etwas außerhalb entdeckten.

24.8.1973
Nächtliches Echo
Spieglein an der Wand -

Mit einem kaum zu beschreibenden Gefühl hatten wir gestern Abend die Hosen hochgekrempelt und waren ins Schwarze Meer gestiegen. Unsere Vorstellungen, hervorgerufen durch Berichte, Geografie und Geschichte, verwandelten sich in Wirklichkeit. Sie war anders. Wenn ich die Landkarte betrachte, sah ich die geografische Beschaffenheit des Landes, die Kämpfe und Revolutionen. Und alles war so unfassbar weit weg gewesen. Nun stand ich mit den Füßen in der Geografie, der Geschichte, im Schwarzen Meer. 14 Tage Odessa und das Meer. Sonne und Wasser, Menschen und Probleme.

Drei Wochen waren wir jetzt schon unterwegs, und das Wetter hatte uns bisher schmählich im Stich gelassen. Richtig hungrig nach Sonne und Wasser rüsteten wir nach dem Frühstück zum Kampf. Sissi schnappte die Schaumstoffunterlage, ich die Matratze. Die Luftmatratze hatte die liebliche Eigenschaft, ihre Luft zu verlieren. Im Laufe des Tages merkte ich es. Und so verbrachte ich unsere 14 Tage mal sonnend, mal schwimmend, mal Luftmatratze blasend.

Der Campingplatz hatte seinen eigenen Strand. Für 20 Kopeken pro Tag konnte man seine Einrichtungen benutzen. Dazu zählten Sonnendächer, Liegepritschen aus Holz, Duschen und Umkleidekabinen.

Auf unserem Passierschein des Platzes, er hatte den glänzenden Namen „Dolphin", wurde der gezahlte Betrag vermerkt und man konnte den Strand auch ohne Kontrollen betreten. Der Strand war ein Sandstrand und war nicht zu überlaufen.

Wohlig streckten wir uns in der Sonne aus. Ein frischer Wind wehte vom Meer her. Er milderte die Temperatur und ließ uns manchmal sogar frösteln. Die Gefahr des Windes bei Sonnenschein ist wohlbekannt. Wir hatten uns vorgesehen und hatten am Abend trotzdem einen heißen Kopf. Von einem Sonnenbrand gleich am ersten Abend blieben wir Gott sei Dank verschont.

Für das leibliche Wohl sorgten wir natürlich auch. Zu diesem Zweck begaben wir uns in das Lokal „Schaschlitschna", das wir schon bei der Reise von Kiew nach Kishinew kennengelernt hatten.

Auf einer steinernen Wendeltreppe gingen wir in den Kellerraum hinab. Die Querwand vor dem Lokal trug einen großen Spiegel. Nachdem wir uns über unser gutes Aussehen bestätigt sahen, betraten wir das Lokal. Eine dicke Kellnerin mit einem mürrischen Gesicht rannte hin und her und rief Bestellungen zur Küche. In der rechten Ecke war noch ein Tisch frei. Wir nahmen an einer sehr schmutzigen Decke Platz. Die Hühneresser verwüsteten jede Tischdecke. Sie wies schon nach dem ersten Gang unzählige Flecken auf.

Die Kellnerin ließ sich Zeit. Die Wartezeit benutzten wir dazu, unseren Angehörigen ein Lebenszeichen in Form von Ansichtskarten zu geben.

Heute bekamen wir zum ersten Mal ein Schaschlik. Es war so gut, dass wir uns vornahmen, das nächste Mal eine doppelte Portion zu bestellen.

Es seien noch ein paar Worte zu den sanitären Anlagen auf unserem Platz gesagt.

Sie waren fast gut. Ich sage fast. In den Duschen gab es an einigen Tagen ab 20 Uhr heißes Wasser. Elektrizität gab es in den Waschräumen bis ca. 17 Uhr. Einen Spiegel gab es in unserem Waschraum auch. Fünf Spiegelrahmen gähnten leer an der Wand, und die rasierwütigen Menschen stauten sich um einen Spiegel. Der war nach zwei Wochen auch verschwunden. Die Spiegelwege hier sind seltsam, die der Wasserhähne auch. Von 6 Hähnen fehlten drei Verschlüsse. Zwei der noch vorhandenen waren „noch" fest. Der dritte Hahn wanderte in den Spitzenzeiten von Anschluss 1 bis 4. Der Wasserabfluss der Duschen klappte auch nicht ganz. Wenn jemand duschte, hatte man ungewollt an den Badefreuden Teil. Das Wasser floss in Rinnsalen unter der Duschraumtür in den Waschraum hinein. Sonst war alles gut, wie gesagt.

Die polnische Familie hatte mit ihren Warnungen recht behalten. Aber auch unser Platz war für meine Begriffe nicht gerade günstig.

Der Wind wehte nachts vom Festland her und blies alle Geräusche des Rangierbahnhofes auf den Platz. Sie kosteten mich oft meinen Schlaf. Laute Worte hallten oft mit tausend Echos, Loks gaben in der Nacht dumpfe und schrille Pfiffe von sich, und die Hunde heulten die ganze Nacht hindurch. Eine ungeschicktere Hand bei der Auswahl eines Campingplatzes konnte die Organisation nicht gehabt haben. Von einem längeren Urlaub auf diesem Platz muss ich dringend abraten.

25.8.1973

Fleischtentrale

Abschied von Ingrid und Sibylle

Wenn ich hier viel von Essen, dem leiblichen Wohl oder Essensbeschaffung rede, hat das seinen besonderen Grund. In Deutschland geht man in zwei Geschäfte, und schon hat man ein gutes Essen zusammen. Hier jedoch kann das eine Sache von Stunden sein.

Alle Zutaten und Einzelteile müssen auf einer mir abenteuerlich erscheinenden Weise zusammengekauft werden. Das nimmt viel Zeit in Anspruch. Und kommt man dann nach Stunden vom Einkauf zurück, dann fehlt noch die Hälfte, weil es sie nicht gab oder nicht gut genug war. Das mag aus meinem Mund sehr hart klingen, es ist aber eher Resignation. In den ersten Tagen zeigte ich viel Toleranz und übte mit solchen Sachen Nachsicht. Wir waren schließlich nicht in Deutschland. Man ist aber den deutschen Standard gewohnt. Und je länger wir uns hier aufhielten, umso mehr wurden die Unzulänglichkeiten sichtbar. Und so konnte mich schon manchmal ein kleiner Missstand aufregen. Ja, ich lauerte geradezu auf ihn.

Dazu gleich ein Beispiel. Bevor wir heute die Suche nach Lebensmitteln begannen, wollten wir Batterien für unsere Taschenlampe kaufen.

Zu diesem Zweck suchten wir alle einschlägigen Elektrogeschäfte Odessas heim und die Kaufhäuser. Das Resultat war vernichtend. Nicht eine Batterie war zu bekommen. Auch an den anderen Tagen war es uns nicht gelungen eine zu erhalten. Erst in der Türkei konnten wieder welche kaufen.

Durch Fragen erhielten wir eine Adresse, um Fleisch zu kaufen. Dort sollte es in Massen Fleisch geben. Ein „mjasokorpus", eine Fleischzentrale, war in Bahnhofsnähe gelegen. Ich hätte nie vermutet, dass es so viel Fleisch auf einem Haufen geben kann und so viel schlechte Qualität. Die Bürger der SU mögen mir mein Lästermaul verzeihen. Man zieht halt Vergleiche. Da fragt man sich, wo das Fleisch hingeht, z.B. zartes Fleisch, welches man essen kann, kein Kaugummi oder Lenden vom Rind. Ich habe in der SU nie welche gesehen. Über einhundert Meter zogen sich die Stände in einer riesigen Halle hin.

„Ich schaue einmal hier an dem Kalbfleisch stand", sagte Sissi.

„Gut. Dann gehe ich an den Schweinefleisch-stand hier gegenüber. Wenn du was gefunden hast, gebe mir Bescheid." sagte ich zu ihr. Der Händler zeigte mir ein Fettstück mit etwas Fleisch dran. Das war doch die Höhe. Ich zeigte auf ein anderes Stück.

„Kann man das zum Grillen gebrauchen?", fragte ich ihn.

„Ich glaube nicht", sagte er zweifelnd.

Ich nahm das Stück trotzdem. Es sah zumindest zart aus. Ich ging zu Sissi zurück.

Sie stand noch vor ihrem Stand. Auch sie hatte ein gutes Stück entdeckt

„Das Stück Fleisch bitte", sagte sie zu dem Jungen hinter dem Tisch und deutete auf das Fleisch. Der packte es und legte es auf die Waage, schaute, legte ein anderes Stück Fleisch, es waren mehr Knochen und Fett als Fleisch, dazu.

„Das nicht", protestierte Sissi, nur das!"

„Geht nicht. Entweder Sie nehmen alles oder ich kann Ihnen das andere Stück auch nicht geben. Alleine verkaufe ich es nicht."

Was sollten wir machen? Wir kannten ihre Sitten und Gebräuche im Fleischverkauf nicht . Da half kein Sträuben. Wir mussten es nehmen.

Am Abend bereitete Sissi ein vorzügliches Mahl vor. Gemüse mit Möhren und das Fleisch. Das grillten wir. Das Gemüse war eine Wucht. Nachdem wir bisher immer nur meist das gleiche Essen in Restaurants gegessen hatte, lernte man ein richtiges Gemüse schätzen. Sissi war eine Meisterin darin.

Gegen 8 Uhr erschienen unsere beiden Bekannten aus der DDR, Ingrid und Sibylle. Auch sie konnten das Essen nur loben und wir genossen dazu eine Flasche Sekt, oder wie er russisch heißt: „schampanskoje".

Auch dieser Abend war für uns sehr informativ und gesellig. Ingrid, die als Theologin ohnehin mit dem System kämpfte, hatte uns viel zu berichten. Regen setzte ein. Doch das störte uns weiter nicht, wenn er morgen nur wieder verschwunden sein würde ...

26.8.1973

Der Regen hält an

Wolle für einen Bikini

Ein heftiges Klatschen riss mich morgens aus meinen Träumen. Wer jemals einen Urlaub im Zelt gemacht hat, wird dieses Geräusch kennen. Jeder Tropfen Wasser, der sich auf unser Zelt ergoss, wurde durch die Zeltleinwand verstärkt und umhüllte uns mit einem rauschenden Konzert. Dieses Geräusch wirkte beruhigend und einschläfernd und nahm mir die Lust, aus meinem Schlafsack zu kriechen. An so einem Tag könnte ich durchschlafen.

In Gesellschaft von Sissi wäre es mir leichtgefallen, hätte sie nicht schon für den weiteren Tagesablauf Pläne gemacht. Sissi hatte sich vorgenommen, einen Bikini zu häkeln. Und dieses Verlangen, welches man immer verspürt, wenn man sich einer interessanten Tätigkeit verschreibt, vertrieb all ihre Müdigkeit und drängte sie, das Werk zu beginnen.

Bald saßen wir auch schon im Auto und fuhren der Stadt entgegen. Der Regen hielt noch etwas an, wurde aber merklich schwächer.

Wir fanden tatsächlich Wolle und alle anderen Sachen und Instrumente, die man zum Häkeln benötigt. Die Wolle war dünn und riss schon beim bloßen Hinsehen. Eine festere war nicht zu bekommen. Dann musste sie es halt damit versuchen. Für unsere Windlampe benötigen wir auch dringend neue Kerzen.

In Kishinew hatten wir einige gekauft. Die waren leider so gut wie gar nicht zu gebrauchen. Sie hatten alle zu dicke Dochte und die Hitze, die sie entwickelten, war so stark, dass sie die Farbe der Laterne verbrannte und das Wachs zu schnell schmolz. Eine Kettenreaktion. Der Docht schmolz das Wachs zu schnell und konnte dadurch nicht abbrennen. Der Docht wurde immer länger und die Hitze größer. Durch die größere Hitze schmolz mehr Wachs und die Kerze war fort. In einer Auslge entdeckte ich eine rote Kerze, die eigent-lich ganz hübsch aussah.

Ich kämpfte mich zur Theke vor und versuchte, die Verkäuferin zu erwischen. Das gelang mir nur schwer, da sie kein Interesse daran zeigte, was vor der Theke passierte. Dann aber gelang es mir, eine geschriene Frage aus 5 Metern Entfernung in ihr Ohr zu landen.

„Fräulein, was kostet diese rote Kerze da?"

Unwillig gab sie mir bekannt, dass sie 2 Rubel 50 kostet. Es war zwar heller Wahnsinn, für einen solchen Preis die Kerze zu kaufen, aber in der Not frisst der Teufel Fliegen. Ich willigte in den Kauf ein. Später bereute ich es. Der Docht war schief eingelassen und die Kerze in Minuten-schnelle abgebrannt.

27.8.1973
Unfall
Alkoholtest
Matthias und Irina

Der Morgen war nicht so schön, als dass wir uns hätten entschließen können, an den Strand zu gehen. Ich setzte mich ans Steuer und Sissi und ich fuhren wieder einmal stadteinwärts, um den täglichen Bedarf an Lebensmitteln zu decken. Ich bahnte mir meinen Weg über Schlaglöcher und Straßenbahnschienen unter Einhaltung der Verkehrsvorschriften, soweit ich welche vermutete. Die Straße führte geradeaus zum Stadtzentrum.

„Halte hier mal an", sagte Sissi zu mir, als wir an einem Milchladen vorüberfuhren. „Wir brauchen wieder Eier."

Ich parkte den Wagen am Straßenrand und Sissi stieg aus.

„Ich warte im Auto", sagte ich und machte es mir, so gut es ging, hinter dem Steuer bequem. Ich stellte das Kofferradio an und öffnete das Wagenverdeck. Ich wollte gerade wieder zur Wahltaste des Radios greifen, als mich ein fürchterlicher Schlag in die Polster drückte und meinen Kopf nach hinten schleuderte. Was war geschehen? Ich fand mich mit dem Wagen halb auf dem Bürgersteig stehend wieder. Ich hatte es noch nicht begriffen. Alles war so schnell geschehen.

Ich war so verdattert, dass ich erst einmal einige Sekunden brauchte, um alles zu begreifen. Ich schaute mich um. Hinter mir stand ein Lkw. Das war es also. Er hatte mich gerammt. Ich stieg aus. Der Lkw-Fahrer kam mir schon entgegen. Ich schaute aber nicht richtig zu ihm, blieb eine Sekunde wie erstarrt und glotzte auf das Heckteil unseres Herby. Der linke Kotflügel war zerrissen und die Motorhaube eingedrückt.

„Sauber", sage ich. „Sauber, ganz sauber haben sie das gemacht."

Der Fahrer kratzte sich am Kopf und bestätigte meinen Ausspruch vollends.

„Wie konnte das kommen?", fragte ich mich immer noch verdattert.

„Tja", erklärte der Fahrer erschrocken und verlegen. „Ich habe gedreht und muss wohl den Winkel nicht richtig eingeschätzt haben."

Wir schauten uns die Sache genauer an. Es hatte sich eine ganze Traube von Menschen gebildet und umringte uns. Auch muss ein Herr, der vorher noch interessiert zu meinem Wagen herüber geschaut hatte, den Vorfall beobachtet haben.

Sissi war immer noch im Geschäft und hatte von dem, was hier geschehen war, keine Ahnung. Später erzählte sie mir:

„Als ich aus dem Geschäft kam, sah ich die vielen Menschen. Ich war etwas verwundert, denn so viele Menschen hatten bisher den VW noch nie bestaunt. Das waren mindestens 50 Personen. Erst als ich zum Auto kam, sah ich die Bescherung."

Einige Leute hatten die Situation sofort erkannt und sprachen alle aufgeregt durcheinander, aber alle mit dem gleichen Satz auf Sissi ein.

„Holen sie die Miliz nicht. Das ist doch eine Lappalie. Wenn sie die Miliz holen, kann er seinen Arbeitsplatz verlieren und außerdem seinen Führerschein."

Was die Leute sagten, wollten wir schon glauben. Wir wussten aber nicht, wie man sich in einem solchen Fall verhält. Außerdem konnte der Motor beschädigt sein. Und damit wäre unsere Weiterfahrt gefährdet gewesen oder hätte verzögert werden können. Das wäre wiederum mit Visaverlängerung und allen anderen Unannehmlichkeiten verbunden gewesen. Das versuchten wir ihnen zu erklären. Einige sahen das völlig ein und halfen uns, die Miliz zu verständigen.

Nach ein paar Minuten traf ein Jeep mit drei Milizionären ein. Gleich wurden unsere Pässe kassiert und auch der Führerschein des armen Fahrers. Er tat uns leid. Würde man tatsächlich so einschneidende Schritte gegen ihn unternehmen? Nun suchten die Polizisten Augenzeugen. Es war natürlich niemand dabei.

Der Unfallhergang wurde aufgenommen. Ein Maßband trat in Aktion. Man vermaß alle nur erdenklichen Abstände. Inzwischen war der Chef von Intourist benachrichtigt worden. Er traf mit einer Dol-metscherin eine viertel Stunde später ein. In der Zwischenzeit hatten wir gewaltsam die eingeklemmte Motorhaube geöffnet.

Was ich da sah, erfreute mich wenig. Die Verteilerkappe war in tausend kleine Stücke zersprungen. Wo sollten wir hier eine neue Verteilerkappe herbekommen? Wir sammelten alle Stücke zusammen. Vielleicht könnte man sie wieder zusammensetzen. Während der Vermessungsarbeiten gab ich Sissi Nachhilfeunterricht in Autokunde. Meine Kenntnisse waren zwar nicht groß, doch konnte ich ihr in etwa erklären, was der Verlust der Verteilerkappe bewirkt. Wir konnten bei allem noch von Glück reden. Alles, außer der Verteilerkappe, war vom Motor heil geblieben. Glück im Unglück.

Jetzt hatten wir zum zweiten Mal mit der Miliz Bekanntschaft gemacht. Und der Nachmittag mit ihr stand uns noch bevor. Der Leiter des Unternehmens lud uns höflich ins Präsidium ein. Der VW wurde mit einem Abschleppseil am Lkw befestigt. Der Lkw hatte nur eine etwas verbogene Stoßstange, was aber bei diesem verbeulen Fahrzeug nicht auffiel. Man hätte meinen können, sie müsste so sein.

Der Jeep fuhr vor uns her. Ich saß am Steuer und versuchte durch versetztes Fahren den Überblick auf den Straßenverkehr zu behalten und musste wie ein Luchs auf das Bremsen und Beschleunigen des Lkw achten, der es nicht nötig hatte, mir irgendwelche Zeichen zu geben.

„Bitte, machen Sie die Straße frei!" tönte es aus dem Lautsprecher des Polizeiwagens, wenn wir uns Straßenkreuzungen näherten. „Achtung, Achtung, machen sie die Straße frei!"

Das hatten wir uns vor Antritt der Reise nicht träumen lassen. Mit Polizeieskorte wurden wir durch die Innenstadt Odessas gelotst und unser Triumphzug endete erst vor dem Polizeipräsidium. Da saßen wir wieder einmal im Amtsgebäude, vor uns ein Dienstgrad, links neben uns der bedrückt dreinschauende Lkw-Fahrer, rechts die nette, zarte Dolmetscherin.

Personalien wurden aufgenommen und der Hergang rekonstruiert. Ein Polizist malte eine Skizze mit allen Details. Es lockte uns sogar ein Lächeln auf die Lippen, als wir sahen, dass er nicht einmal die Bäume auf der Straße ausließ. Für alles hatte er Stempel.

Die Bäume der Straße, Verkehrszeichen und Pfeile, alles wurde gestempelt. Er erstellte schließlich ein akkurates Bild, welches noch mit den Maßen des Protokolls verglichen wurde. Dann war diese Sache auch erledigt.

„Wer bei uns in einen Unfall verwickelt wird, muss sich einem Alkoholtest unterziehen", erklärte der Leiter, der vor uns saß. „Genosse Troschwili wird sie zu dem Test bringen." Der Mann erschien, und der Fahrer des Lkw und ich verließen mit ihm das Präsidium. Sissi wartete.

Der Polizist fluchte leise vor sich hin. „Jetzt haben wir kein Auto." Er holte plötzlich seine Kelle, diesen schwarz-weiß gestreiften Stab hervor und winkte damit einem Taxi. Er nannte die Straße, wir stiegen ein und abging die Fahrt. Der Lkw-Fahrer und ich schwiegen. Der Polizist unterhielt sich mit dem Taxifahrer auf Ukrainisch. Ich verstand nur Bruchstücke.

Wir hielten vor einem Gebäude, auf dem in großen Buchstaben auf einer Metalltafel stand: „Psychologisches Krankenhaus". Was sollten wir denn hier? Mir gingen die Geschichten im Kopf herum, die wir schon oft über Oppositionelle in der UdSSR gehört hatten. Ich fand hier leider keine Verbindung zu unserem Alkoholtest. Es wurde nach dem Arzt gerufen. Ich überlegte. Würde man eine Blutprobe entnehmen? Sollten wir, wie bei uns üblich, in die so berühmte Tüte blasen? Ein Herr in weißem Kittel erschien. Er machte einen väterlichen Eindruck und lud uns mit einfacher Geste ein, ins Zimmer einzutreten. Er wechselte ein paar Worte mit dem Polizisten und wandte sich dann an mich. Dabei nahm er ein Einweckglas vom Tisch, hielt es mir vor mein Gesicht und befahl: „Blasen Sie!" Ich blies. „Oh", sagte er überrascht. „Sie sprechen Russisch."

Nachdem ich geblasen hatte, hielt er kurz seine Nase ans Glas und schnüffelte daran. So machte er es auch beim Lkw-Fahrer. Sollte das der Test gewesen sein?

Unglaublich. Aber wahr. Der Test verlief negativ. Der Arzt füllte nun einen Zettel aus. Nach eine viertel Stunde waren wir wieder entlassen.

Unser uniformierter Begleiter suchte wieder nach einer passenden Fahrgelegenheit. Endlich hatte er sie gefunden. Ein Fahrer saß allein in seiner Kutsche und musste uns nun zurückfahren. Er tat sehr leger und schimpfte auf den Verkehr. An einer Kreuzung fuhr ein Lkw nach links in eine Straße. Das war aber laut den Schildern, die hier hingen, verboten. Der Fahrer des Wagens regte sich gleich auf und hupte, der Polizist fuchtelte mit seinem Stab. Der Lkw-Fahrer machte, was er wollte. Um ihn zurechtzuweisen, hätte der Polizist aussteigen müssen. Das war ihm wohl zu viel gewesen. Wir fuhren weiter.

Sissi hatte gar nicht geglaubt, dass wir jemals wiederkommen. Alles war geregelt. Der Lkw-Fahrer musste die Reparatur bezahlen. Die Werkstatt hatten wir auf dem Campingplatz. Das war Glück. Wir konnten jeden Tag nach dem Rechten schauen.

Die Fahrt ging zurück zum Platz. Der Lkw schleppte uns dorthin. Vorbeiging es wieder an den Ort des Unfalls und wir schauten mit verbissenen Blicken noch einmal hin. Der Lkw hielt und ich musste höllisch aufpassen. Ich hatte einfach keinen Überblick. Der Lkw nahm mir jede Sicht.Hinter uns hupte jemand. Es waren Irina und Mathias. Wir hatten die beiden in Kishinew getroffen. Sie kamen aus Göttingen. Mathias studierte Pädagogik und wollte Lehrer werden. Irina war immigrierte Russin und besuchte auf diesem Urlaub alle Bekannten und Verwandte. Sie hatten uns schon gesagt, dass sie uns nach Odessa folgen werden. Da waren sie also und nicht schlecht erstaunt, uns am Seil mit zerstörtem Heck zu sehen.

„Hallo Udo", rief er. „Was habt ihr denn gemacht?"

Ich erklärte kurz, was vorgefallen war, und schielte mit einem Auge nach vorn. Es konnte ja sein, dass er gleich losfuhr.

„Ist das der Weg zum Campingplatz?" fragte Mathias.

„Ja, fahrt uns nach. Wir fahren auch hin." rief ich ihm zu und verschwand wieder im Auto. Die Kolonne setzte sich wieder in Bewegung. Es war ein Zug, der uns aufgehalten hatte.

28.8.1973

Ohne Auto

Sonne und Strand

Das Auto war ja nun für einige Zeit aus dem Verkehr gezogen. Noch am Abend hatte wir zum ADAC ein Telegramm aufgegeben. Die Nr. der Verteilerkappe war Gott seiDank noch zu lesen gewesen. Wir bestellten per Express die Kappe und ein Rücklicht.
Den Rest wollte man schon wieder „hinkriegen. Ein Tag ohne Auto. Da hatten wir ja genug Zeit einen Strandtag zu verleben. Mathias kam nun sehr oft zu uns. Er fühlte sich mit Irina nicht richtig wohl. Es gab oft Auseinandersetzungen unter ihnen. Irina ging ihreWege, er seine, und die führten ihn zu uns. Er selber war ein großer VW-Spezialist, hatte einen uralten VW zu Hause stehen und bastelte Tag ein Tag aus an ihm herum.

Sissi fieberte schon der Vollendung des Bikini Unterteils entgegen. Das Gummi musste zwar noch eingezogen werden, aber sie hatte es tatsächlich geschafft in drei Tagen eine Bikinihose zu häkeln. Ab und zu war ihr der Faden gerissen und sie schimpfte leisevor sich hin. Im großen Ganzen jedoch war sie mit ihrem Werk zufrieden. Es ist interessant, mit welcher Begeisterung und Ausdauer sie sich solcher Arbeit hingeben konnte.

Mein Verständnis für Strickarbeiten ist gering. Aber ich toleriere es. Es gibt schlimmere Arbeiten. Zum Beispiel meine Tätigkeit am Strand. Sie bestand in reinem Herumliegen. Manchmal raffte ich mich auf und spielte mit Mathias Frisbee. Die Sache zerschlug sich meistens schnell, da der Wind mit dem Frisbee machte, was er wollte.

„Schau mal her," rief Mathias mir zu. Er hatte einen Einsiedlerkrebs entdeckt. Eine scharfe Beobachtungsgabe hatte er. Auch ich war nun auf das kleine Getier aufmerksam geworden. Ich entdeckte kleine Schatten und erblickte kleine gläserne Quallen. Vorher hatte ich nichts entdecken können. Nun lebte das Meer plötzlich. Seit dem Tag ging ich täglich auf ein paar Minuten auf Entdeckungsreise und war mit meinen Beobachtungen meistens erfolgreich.

29.8.1973
Schiffslinie - Campingplatz
Uhrreparatur
Taranka und -Wladimir

In Ermangelung unseres Autos nahmen wir heute die öffentlichen Verkehrsmittel.

„Wollen wir die Straßenbahn nehmen?", fragte ich Sissi.

„Ich habe gehört, man kann mit dem Schiff fahren", entgegnete sie.

In der Tat hatten wir ein wenig abseits des Strandes einen Anlegesteg gesehen. Alle halbe Stunde fuhr ein Schiff zum Hafen von Odessa.

„Ja, probieren wir es einmal. Wir werden schon hinkommen."

Gesagt, getan. Wir fanden die Fahrkarten-Verkaufsstelle und kauften für den Preis von 20 Kopeken eine Fahrkarte. Vor der Abfahrt kauften wir schnell ein Eis und machten uns zum Steg auf. Es tönte der Lautsprecher und wir legten einen Zwischenspurt ein. Sissi hätte sich mit dem Eis etwas beeilen sollen. Es war ohnehin nicht sehr kalt gewesen, und nun floss es ihr in die Hand. Wir schafften es aber. Da saßen wir jetzt und blickten auf das Wasser und auf das Land, welches sich langsam von uns entfernte. Sissi wurde ganz schweigsam. Zuerst dachte ich, es wäre Ergriffenheit, es war aber wieder die alte Geschichte.

Ihr hatte wieder etwas nicht gepasst. Das Boot war nicht sehr groß und es schaukelte mit den Wellen hin und her. Gelegentlich konnte ich, obwohl ich hinten saß, am Bug das Wasser sehen, wenn das Boot mit dem Bug ins Wasser tauchte.

„Ich glaube, mir ist schlecht", sagte sie. „Das liegt, glaube ich, am Eis."

„Wir sind ja gleich da. Ist es sehr schlimm?"

„Ich habe mich schon einmal besser gefühlt", erwiderte sie nicht gerade entzückt über ihr Befinden. Der Steg des Hafens kam aber schon näher. Bald war die Fahrt überstanden und Sissi atmete erleichtert auf.

Aber wie kamen wir von hier am besten in die Stadt? Es würde wohl einen Buszubringer geben. Und so weit dürfte es eigentlich nicht sein. Bevor wir uns nach dem Bus umsahen, betraten wir das Hafenge-bäude. Wir mussten noch erfahren, wann wir uns am 7. September zum Einschiffen einzufinden hatten. Wir fanden den Schalter. Er war nicht besetzt.

„Kommen sie morgen wieder", riet die Dame am Nebenschalter.

Wir verließen den Hafen und fanden heraus, dass jeder Bus von hier in die Stadt geht. Der Bus war zum Bersten voll. Wir drängten uns bei der Vordertür in den Bus. Sissi stand dem Busfahrer, der schon wieder anfuhr, am nächsten und versuchte eine Karte zu kaufen. Sie konnte sich scheinbar nicht richtig verständigen. Der Fahrer wollte absolut kein Geld von ihr annehmen. So fuhren wir die Strecke kostenlos. Wegen des Gedränges erhielten wir die Aufgabe eines Schaffners. Man reichte von hinten Geld herüber, Sissi reichte es dem Fahrer, der reichte Sissi die Karte und sie diese nach hinten, usw.

Der Bus zischte und knallte an allen Ecken und ich hatte das Gefühl, als ob er jeden Moment seinen Geist aufgibt. Das Getriebe kracht bei jedem neuen Gang. Der Fahrer fuhr wie der Teufel persönlich. Ohne Rücksicht auf Verluste wurden die Türen geschlossen und ein Herr, der den Bus noch erreichen wollte, stürzte von der letzten Stufe des Busses wieder zurück auf die Straße, als er sich aus der Tür, die ihn einklemmte, befreit hatte.

In Kishinew, am Dnjestr, hatte Sissis Uhr ein unfreiwilliges Bad genommen, mit dem Resultat, dass sie Wasser geschluckt hatte und nun in den Streik getreten war. Wir suchten eine Uhren-Reparaturwerkstatt. Wir fanden sie auch. Hier gibt es eine Spezialwerkstätte für Uhren und Elektrorasierer. Ein junger Mann sah sich die Uhr an und reparierte sie bevorzugt. Wir konnten auf die Reparatur warten. Inzwischen verstrickte der Herr uns immer wieder in Fragen und redete bald mehr, als er reparierte.

Er sollte sich gefälligst beeilen. Ich setzte mich und Sissi plauderte mit ihm lustig weiter. Die Zeit verging. Ich ging zu dem Schalter, nach dem Rechten zu schauen. Die Uhr lag noch auseinandergenommen auf dem Tisch. Im Laufe der Zeit ergab es sich sogar, dass er uns zu einem Schluck Bier einlud. Mir wäre lieber gewesen, er hätte die Uhr repariert. Als er uns schließlich herumgekriegt hatte, holte er eifrig drei schmutzige Gläser aus einem anderen Raum und eine Flasche Bier. Die Flasche war schon angebrochen, und er schüttete den traurigen Rest in die Gläser. Jeder bekam ungefähr die Menge eines doppelten Schnapses. Na ja, die Geste zählte.

Er brachte einen Trinkspruch: „Trinken wir auf unsere Freundschaft und darauf, dass es nicht unser letztes Glas zusammen war."

Es war nicht unser letztes Glas. Noch lange nicht. Nun schmiedete Wladimir Iwanowitsch schon weitere Pläne. Aus seinem Rock zog er einen länglichen, penetrant stinkenden Fisch und legte ihn auf die Schaltertheke.

„Ich möchte Sie einladen. Das ist ein Fisch, der heißt getrocknete Taranka, erklärte er. „Es ist bei uns eine Spezialität, die nicht billig ist und meistens zu Bier gegessen wird. Früher aßen Studenten Taranka so, wie ich es eben erklärt habe. Heute kostet ein Fisch zwischen 1 Rubel 50 und 2 Rubel 50."

Wir sagten zu, obwohl ich von diesem stinkenden Fisch nichts zu essen. Wladimir Iwanowitsch beeilte sich jetzt, und bald war die Uhr fertig. Nach einem Augenblick fanden wir uns in einem Intourist Hotel wieder. Er schien hier öfter zu verkehren, zumindest kannte er die Bedienung. Er erbat 3 Teller mit Gabeln und Bier.

Eine Flasche Schampanskoje nicht zu vergessen. Toll, da bringt er das Essen in das Restaurant mit und niemand hat was dagegen.

Nun begann unser Essen. Wladimir Iwanowitsch nahm den flachen Fisch, er war in etwa 1 cm dick, aus seinem Anzug und zerschnitt ihn quer in kleine Teile.

„Jetzt nehmt ihr ihn in die Hand und trennt die Haut vom Fleisch. Das Rote wird gegessen." erklärte er und machte es uns einmal vor. Na ja, ich musste es einmal versuchen. Ich wollte ihn nicht vor den Kopf stoßen. Ich riss dem Fisch die schuppige Haut ab und probierte das Fleisch. Es schmeckte irgendwie rauchig, aber nicht schlecht. Zu jedem Bissen nahmen wir einen Schluck Bier und ich muss sagen, ich kam richtig auf den Geschmack. Doch da war der Fisch schon aufgegessen und ließ mich mit Appetit und Hunger zurück. Dann griffen wir zur Sektflasche. Wir leerten die Flasche und wurden immer heiterer. Der Hunger aber blieb.

Wladimir Iwanowitsch begleitete uns noch ein Stück zur Straßenbahn und war kurze Zeit später nicht mehr zu sehen. Er war ein netter Bursche. Die Rechnung von 12 Rubel hatte er bezahlt. Als wir uns anboten, die Rechnung zu bezahlen, wurde er sehr ernst und lehnte das strikt ab. Er verwies uns gar noch auf andere Teile der SU wo diese Geste als Beleidigung aufgefasst würde.

Um unseren Hunger zu stillen, begaben wir uns in das schon bekannte Restaurant„Bratislawa". Alle Plätze waren belegt. Wir versuchten es in den anderen Etagen. Ebenfalls nichts.

Wir wichen auf das Restaurant „Ukraina" in der Nähe aus. Der Ober stand in der Tür und blockierte den Eingang. Als wir ihn dann in Englisch ansprachen, machte er Platz.

Hatte diese klassenlose Gesellschaft sich gegen sich selbst verschworen? Es sah fast so aus. Man könnte meinen, sie trauten sich gegenseitig nicht über den Weg und es wäre ein Imageverlust Russen ins Lokal zu lassen. Es schmeckte uns gut und wir amüsierten uns nachträglich über unsere Versuche, in das Restaurant zu kommen. Doch, wie kamen wir zurück? Fuhren eigentlich noch Straßenbahnen?

„Wir können auch mal ein Taxi nehmen", machte ich den Vorschlag. Aber das stellte sich ebenso schwierig heraus, wie eine Straßenbahn zu finden.

Wir sprachen weiterhin Englisch.

„Können sie uns zum Campingplatz fahren?", fragte ich einen Taxifahrer. Er verstand mich nicht.

„Camping!", rief ich.

Er zeigte mit der Hand eine 5. Rubel oder Kopeken? Er meinte Rubel. Dann stieß ich ihn auf Russisch Bescheid.

„Sie wissen ja wohl, dass das eine Unver-schämtheit ist. Da meinen Sie, man spricht nicht Rus-sisch und fordern solche Preise. Sie sollen sich schämen." Er wand sich heraus und wurde verlegen.

„Na ja, ich mache gerade Schluss. Das ist Schichtwechsel. Da kann ich das nicht mehr machen. Und dergleichen Worte mehr. Wir stellten uns an die Straße und warteten auf ein anderes Taxi.

„Fahren Sie zumCampingplatz?"

„Ja, steigen Sie ein!"

„Was kostet die Fahrt?", fragten wir vorsicht-shalber. „50 Kopeken", sagte er und schon waren wir im Auto. Es waren noch zwei russische Passagiere mit an Bord. Wie ein Er fuhr wie ein geölter Blitz und nach ein paar Minuten waren wir beim Platz. Für 50 Kopeken.

30.8.1973
Viele neue Bekanntschaften
Der Voyeur

Heute lernten wir am Strand Leute aus anderen Teilen Deutschlands kennen. Viele waren schon am Ende ihrer Reise angelangt und bereiteten sich auf den Heimweg vor. Am Strand hatten wir Muße genug, ihre Erlebnisse zu hören.

Bei unserem Zelt herrschte auch reger Verkehr. Mathias kam und ging, dann lernte ich drei russische Jungen kennen. Einer von ihnen spielte in einer Band und sprach sogar Englisch. Von ihm lernte ich einige Lieder. Russische Lieder, keine Schlager. In jeder Stadt hatte ich versucht, Schallplatten von Bulat Okudschawa zu bekommen, jedoch ohne Erfolg.

Nun lernte ich durch diesen Sänger einen neuen Spitzenreiter der russischen Jugend kennen. Wisotskij. Jedoch gab es in Odessa nur eine Schallplatte von ihm. Eine Single mit vier Liedern. Okudschawa war nicht zu bekommen.

Am Abend ging Sissi duschen und kam schon nach kurzer Zeit unverrichteter Dinge wieder zurück.

"Mei, Udo, stell dir vor!", rief sie empört. „Da hat doch tatsächlich einer an meinem Fenster gestanden und schaute mir zu, wie ich mich auszog. Und als ich ihn bemerkte, ich habe Gott sei Dank noch nicht geduscht.

Ich war gerade dabei, mich auszuziehen. Ich habe ihn gefragt, was das bedeuten soll. Weißt du, was er gesagt hat?"

„Ich bin besoffen." Als ob das eine Entschuldigung wäre."

Sissi traute sich gar nicht mehr zu duschen. Sie beschrieb mir den Burschen, und ich ging und schaute, ob ich ihn entdecken könnte. Ich sah nie-manden, der so aussah.

31.8.1973

Taranka unter der Hand

Grandioses Ballett

Paket Nr. 2-015-755

Wladimir Iwanowitsch hatte uns gesagt, dass man Taranka, diesen getrockneten Fisch, nicht in Geschäften kaufen kann, sondern nur unter der Hand. Das erlebten wir dann auch. Am Eingang des Marktes standen Händler und verkauften ihre Fische. Da sahen wir jemanden mit Taranka stehen. Es war ein großer Fisch und kostete dafür auch 2 Rubel 50.

Diese Märkte waren etwas sehr Erstaunliches. Man fand sie meist in einem abgeschlossenen Hof, der von der Straße durch Häuserfronten oder anderen Dingen abgetrennt war. Jeder Markt hatte mit der anderen Ähnlichkeit und jeder war auf seine Weise verschieden. An den Eingängen saßen Blumenfrauen, die lauthals ihre Blumen lobten und sich gegenseitig ausstachen. Wenn man stehenblieb, hielten sie einem die Blumen entgegen.

So versuchte eine, die andere zu übertrumpfen. Das war keineswegs von Feindseligkeit begleitet. Wer es schaffte, seine Blumen zu verkaufen, der hatte das Rennen eben gemacht. Beim nächsten Kunden würde man selbst als Sieger hervorgehen.

Die Obst- und Gemüsestände wurden größtenteils von älteren Frauen betrieben. Hier musste man vorsichtig sein. Jede Frau, jeder Stand, hatte andere Preise. Bevor man sich näher für die Ware interessierte, fragte man am besten nach dem Kilopreis. Wir bekamen darin schnell Routine. Die umgebenden Häuser waren meistens noch als Geschäfte ausgebaut, in denen man auch Gemüse, Fleisch und andere Lebensmittel kaufen konnte. In einem der Geschäfte, in dem wir wieder einmal einen Milchcocktail entdeckt, wurden wir Zeugen einer echten Keiferei zwischen zwei Frauen. Sie schrien sich an, dass es eine Pracht war. Nur gut, dass die eine Verkäuferin durch eine Theke von der Kundin getrennt war sonst hätte es Kleinholz gegeben. Hätten die beiden Damen Gebisse getragen, wären die sehr wahrscheinlich durch die Gegend geflogen.

Sissi und Irina hatten sich entschlossen, einem Ballett in dem berühmten Opernhaus Odessas beizuwohnen. Mathias und mich interessierte das nicht sehr stark. Aber sollten die Frauen ruhig gehen. Wir würden uns hier einen gemütlichen Abend machen. Nach unserem Einkauf trafen sich Sissi und Irina am Opernhaus. Ich wanderte mit dem Einkauf zum „Morskoi Waksal", zum Hafen. Ich setzte mich ins Boot und tuckerte gemütlich zu unserem Platz. Ein schönes Gefühl.

Ich saß auf dem Freideck. Die Sonne war untergegangen und die Hafenanlage lag im rosa Licht, etwas durch Nebel verschleiert. Neben mir saß ein Matrose mit seinem Mädchen. Das Boot tuckerte und manchmal schoss aus dem Auspuffrohr ein heißer Schwall von glühend roten Funken in den dunkler werdenden Abendhimmel.

Ich kam zum Campingplatz und wurde von dem amerikanisch sprechenden Intourist Angestellten empfangen, der schon in der ersten Minute unseres Eintreffens sein Englisch loswerden wollte.

„Ich suche Sie schon den ganzen Abend", rief er mir entgegen. „Es ist eine Nachricht vom Flughafen gekommen. Die Ersatzteile sind da. Notieren Sie sich bitte die Flugnummer und die Paketnummer.

Ich war freudig überrascht. Das war schneller gegangen, als wir angenommen hatten. Ein Hoch dem ADAC.

Aber wo war denn Mathias? Wir wollten uns doch heute Abend einen genehmigen.

Wir hatten uns in der Bar verabredet. Da war er aber nicht. Im Kantinenraum, der von einer Seite offen, drangen die Töne einer Kapelle. Aha, da war etwas Besonderes los. Bestimmt war er da. Dort war er auch nicht. Ich ging zurück. Als ich zum Zelt ging, sah ich Sissi. Es konnte nur sie sein. Sie hatte einen so typischen wiegenden Gang. Sie war es." Ja, du bist es. Ihr seid schon wieder hier? Es ist doch erst halb zehn."

„Ach ja, das Ballett war nicht so gut, wie wir dachten. Dazu kam noch, dass wir in der Pause dachten, es wäre schon vorbei. Wir wunderten uns zwar, dass uns niemand aus dem Haus folgte, und als wir erkannten, dass es noch weiterging, hatten wir keine Lust mehr.

Wir versammelten uns ohne Mathias bei der Kapelle. Es waren alles Frauen, die da spielten. Gar nicht schlecht. Die Frauen waren nur etwas mickrig. Sie sahen alle so aus wie kleine Hermelinchen. Wir genehmigten uns ein Bier.

1.8.1973

Pfeifender Wachmann
Jagd nach Ersatzteilen

Sissi hatte sich bereit erklärt, zum Flughafen zu fahren und die Ersatzteile abzuholen. Dazu war es nötig, dass sie ihren Pass von der Administration abholte. Man stelle sich das vor. In allen sozialistischen Ländern musste man seinen Pass bei einem Hotel oder Campingplatz abgeben. Man war praktisch ein Gefangener. Ohne den Pass war es nicht möglich, sich weiter als im regionalen Bereich zu bewegen.

Unterdessen ging ich mit Irina und Mathias zum Strand. Ich erfuhr nun auch, wo Mathias am Abend gesteckt hatte. Er hatte sich unwohl gefühlt. Ihm war schlecht geworden, sein Magen rumorte. Da hatte er sich schlafen gelegt und war den ganzen Abend nicht mehr aufgewacht. Heute ging es ihm wieder gut.

Am Strand unternahm ich mit Mathias eine kleine Wandertour. Etwas abseits von unserem Strand lag ein Camp, das nur für Russen zugänglich war und eigentlich schon im Sperrbezirk lag. Aber wir dachten, schauen wir mal nach, was es da Schönes gibt. Vor uns wanderten schon zwei Mädchen. Uns entgegen kam ein Wachmann mit Stock und einem Hund. Wir holten die Mädchen ein und erreichten zusammen mit ihnen den Wachmann.

„Hier dürfen sie nicht mehr weitergehen", befahl er streng. Er zeigte mit dem Finger zurück zum Strand. Wir taten, als ob wir ihn nicht verstehen. Da wurde er wild. Er schrie auf uns ein und als das bisher nicht die erwartete Reaktion zeigte, griff er zur Trillerpfeife und pfiff was das Zeug hielt, uns mitten ins Gesicht. Das war sehr komisch, denn er stand nur einen Meter vor uns. Wir begaben uns dann doch auf den Rückzug. Wir wollten den Hund nicht reizen.

Als wir zu unserem Strand zurückkamen, empfing uns Sissi ganz aufgelöst. Drei Stunden lang hatte sie am Flughafen versucht, die Teile zu bekommen. Erfolglos. Die Teile waren noch gar nicht auf dem Flughafen gewesen. Die Schwierigkeiten dort hatten Sissi komplett sauer gemacht, und sie fuhr mich ärgerlich an.

„Jetzt fahre ich da nicht mehr hin, jetzt fährst du!"

Ich schwieg dazu. Sie war viel zu aufgeregt und ich enttäuscht, von ihr, weil sie ihren Ärger an mir ausließ. Da machte ich einfach kehrt und ging. Ich ging zum Platz, zog mich an und dann erhielt ich die Nachricht, dass die Teile doch angekommen wären, eine halbe Stunde, nachdem Sissi den Flughafen verlassen hatte. Es war schon spät. Um noch pünktlich zum Flughafen zu kommen, nahm ich mir ein Taxi, welches ich aus eigener Tasche bezahlte. Die Fahrt ging quer durch die Stadt, am anderen Ende wieder raus zu dem 30 km entfernten Flughafen.

Ich fand das Zollamt relativ leicht. Nach einer Dreiviertelstunde hatte ich die Teile in der Hand. Das Paket wurde geöffnet und man überzeugte sich, dass es wirklich die Ersatzteile enthielt. Dann durfte ich gehen. Mit dem Taxi ging es wieder zurück.

Sissi war wieder sauer. Sie hatte nicht verstehen können, dass ich einfach wortlos verschwunden war. Meine schnelle Rückkehr hatte sie außerdem davon überzeugt, dass ich es ihr jetzt aber „geben" wollte. Ich gebe zu, dass ich mich habe hinreißen lassen. Ich glaube, es lag am Land mit all seinen Unzulänglichkeiten.

Das hat uns mehr, als wir dachten, im Unterbewusstsein beschäftigt und machte uns für jede Kleinigkeit reizanfällig. Die Lage spitzte sich bis zum 7.9., unserer Abfahrt in die Türkei, weiter zu. Als wir in der Türkei waren, verschwand dieses Phänomen.

Heute sind wir genau einen Monat unterwegs, eine kurze Zeit und doch eine Ewigkeit. Wenn es mir auch manchmal schwerfiel, mit Sissi zusammen zu sein, so war es mein Wunsch dennoch, jede Minute mit ihr bewusst zu verbringen. Ich hatte noch einen Monat, dann würden sich unsere Wege endgültig trennen und der schönste Traum meines Lebens war ausgeträumt. Zwei Monate, die sie mir schenkte, wollte ich auskosten, wenn sie uns auch nicht zusammenführen konnten. Einen Monat noch, dann würden wir uns zum letzten Mal küssen, dann war ich alleine und würde vergeblich ihre Hand suchen.

Diesen Tag verbrachte Sissi in allen Lagen häkelnd, liegend, stehend, sitzend. Man durfte gar nicht hinschauen. Ich lenkte mich dadurch ab, dass ich mal wieder meine Sachen wusch und aufräumte.

Am Nachmittag wollten wir eine Rudertour unternehmen. Wir gingen zum Strand und lernten dort Grischa kennen. Er war ein Computerspezialist und verbrachte hier am Strand, zusammen mit seiner Mutter, seine freien Stunden. Er hatte ein ausgefallenes Hobby.

Er schnitzte. Er kaufte sich Bleistifte in allen Größen und schnitzte aus den Bleistiftenden Köpfe. Sie sahen sehr gelungen aus und wir bewunderten eine ganze Kollektion. Er schenkte Sissi einen kleinen Bleistift mit einem gut aussehenden und edlen Gesicht. Wir versprachen wieder einmal hierherzukommen, um uns mit ihm zu treffen.

Dann machten wir uns auf den Weg zum Bootsverleih. Was mich sehr betroffen machte war, dass man an Ausländer Boote nur gegen Abgabe des Passes vergab. Wir hatten unseren Pass ja auf dem Campingplatz. Wenn wir rudern wollten, musste ich die zwei km wohl zurücklaufen. Ich tat es und wir bekamen unser Boot. Sissi hatte eine Flasche Wein eingekauft, das Häkelzeug unter dem Arm. Die große Fahrt konnte beginnen. Wir legten ab. Der Wind blies beständig vom Land her. Für diese Gegend und Tageszeit sehr ungewöhnlich. Bald hatten wir, ohne uns groß anzustrengen, einigen Abstand vom Strand gewonnen. Das sollte uns schon reichen. Wir griffen zur Flasche Wein und taten uns daran gütlich. Sissi streckte sich auf den Planken des Bootes aus und genoss den Sonnenschein. Ich beobachtete zur gleichen Zeit, wie der Abstand zum Ufer immer größer wurde, ohne dass ich eine Hand rührte. Der Abstand wurde besorgniserregend.

„Ich setze mich ans Ruder und paddele ein wenig zurück", sagte ich zu Sissi, die immer noch im Boot auf den Planken lag. Der Wellengang wurde stärker. Ein sicheres Zeichen, dass wir mehr und mehr aufs Meer getrieben wurden. Bald wurde die Sache unheimlich. Am Strand waren nur noch einige Punkte zu sehen, und vor uns lagen nur noch kleine Fischerboote. Es war erst eine halbe Stunde vergangen und wir hatten eine so große Entfernung zum Ufer fast ohne zu rudern. Wir mussten unsere Fahrt ins Meer abbrechen. Doch alleine kam ich mit meinem Rudern nicht weit. Wir setzten uns zu zweit an die Pinnen.

„Das hat mir noch gefehlt", stöhnte ich. „Das artet ja in Arbeit aus."

„Ja, so was von Faulheit hat die Welt bisher nicht gesehen", brach Sissi in Lachen aus.

Und wir hatten stark zu arbeiten. Immer wieder mussten wir die Richtung korrigieren. Eine Pinne stand schräger im Wasser als die andere. So drehte sich unser Boot immer wieder in eine Richtung, die wir nicht beabsichtigt hatten. Das Rudern artete tatsächlich in harter Arbeit aus.

Ohne innezuhalten ruderten wir, und das Land kam und kam nicht näher. Meine Hände taten mir schon weh und mein Hintern vom Rutschen auch. Die Fahrt zurück dauerte nicht weniger als zwei Stunden. Da war man nun auf das Meer gefahren, um auszuspannen … wirklich kaputt kamen wir zum Bootsverleih zurück. Wir waren eines der letzten Boote. Die Sitte verlangte es so, dass die Letzten halfen, alle Boote auf den Strand zu schleppen und die Ruderpinnen ins Verleihhaus zu schaffen. Das schaffte uns.

3.9.973
Nie wieder Taranka
Diebe gehen um
Preis der Liebe

Nach unserer gestrigen Fahrt hatten wir uns noch in der Kantine niedergelassen und verspeisten mit Mathias und zwei Jungen aus Ostberlin unseren Fisch, Taranka. Im gleichen Raum war eine Abschiedsfeier in vollem Gang. Die Leute kamen aus der DDR und hatten reichliche Mengen an Sekt getrunken. Noch lange hallten ihre Gesänge durch die Nacht: „Es gibt gen Bio auf Hawaii, es gibt gen Bio …"

Heute war mir gar nicht wohl. Mein Magen krampfte sich zusammen. Ich nehme an, es war der Fisch. Ich bekam mittlerweile eine richtige Abneigung. So kann sich eine Vorliebe schnell ins Gegenteil verkehren. Mir war übel.

Ich wollte nun die Wäsche, die ich vorgestern gewaschen hatte, von der Leine nehmen. Ich konnte meine Badehose nicht finden. War sie von der Leine gefallen? Und wo war mein Pullover? Tja, die waren wohl gestohlen worden. Der Dieb hatte einen guten Geschmack. Wenn nur die Magenkrämpfe nicht wären …Für den Rest des Tages machte ich es mir im Zelt bequem und gab mich uneingeschränkt meinen Krämpfen hin.

Zum Abend hielt ich es im Zelt nicht mehr aus. Ich ging mit Irina, Sissi und Mathias ins Kino. „Preis der Liebe" Ei, ei, ei, was war das für ein Schmalz. Der Film spielte in der Türkei. Ein vermögender Mann mit vielen Villen begehrte die Tochter des Malers. Sie gab ihr Ja-Wort aus Liebe zu ihrem Vater. Er war ein armer Maler.

Das Glück zog ins Haus ein und ein schrecklicher Leidensweg der Tochter begann. Zum Schluss hielt sie es aber nicht mehr aus. Sie hatte sich unsäglich in einen jungen Mann verliebt und forderte ihre Freiheit zurück. Der Reiche gab sie frei und wollte dann scheinheilig und hinterrücks den Kerl erschießen. Er lauerte den beiden auf.

Im Hinterhalt saßen fünf Zeugen und warteten darauf, dass er schoss. Er schoss und traf den Mann tödlich. Da kamen die Zeugen angebraust und stürzten sich auf den Reichen. Warum taten sie es nicht vor dem Schuss? Alle waren zu Tränen gerührt.

4.9.1973

Herby ist wieder da!

Weg in die Katakomben?

Obelisk des Unbekannten Matrosen

Heute machten wir unsere offizielle Stadtbesichtigung. Zu unserer Freude war auch Herby wieder einsatzbereit. In der Werkstatt hatte man ihn gut wieder hinbekommen. Er lief wieder und der Kotflügel und die Motorhaube sahen aus wie neu. Man hatte sich wirklich Mühe gegeben. Die Kosten für die Reparatur und Ersatzteile wurden von dem Lkw-Fahrer getragen. Die Rechnung betrug insgesamt 45 Rubel. Das war für den Lkw-Fahrer, der 120 Rubel im Monat verdiente, über ein Drittel seines Monatsgehalts. Ein schwerer Schlag. Aber Strafe muss sein. Was noch seitens der Polizei auf ihn zukam, konnte er uns bisher nicht sagen. Wir hofften, dass es mit Unterstützung von Intourist nicht zu schlimm würde. Man wollte sich für ihn verwenden.

Sissi, Mathias und Irina und ich natürlich auch begaben uns nach Odessa zur Intourist-Zentrale. Eine Dolmetscherin wurde für uns abgestellt, die uns durch die Stadt führte. Jetzt konnten wir die Hilfe einer Dolmetscherin gut gebrauchen. Mathias war der russischen Sprache nur sehr wenig mächtig.

Ich habe für solche Stadtbesichtigungen eigentlich nicht viel übrig, aber es war der beste Weg,die Stadt mit ihren Sehenswürdigkeiten in einem Schnelltrip kennenzulernen.

Wir begannen bei der berühmten Patjomkintreppe und durchwühlten dann die weitere Stadt. Die Geschichtedes Opernhauses wurde erzählt.

Wir sahen den Platz der Revolution. Von dort aus ging es zum Planetarium, ein prächtiges Gebäude mit vielen silbern schimmernden Kuppeln. Das Planetarium war früher ein Priesterseminar. So ändern sich die Zeiten.

Die Dolmetscherin erzählte uns auch von den Katakomben. Zusammen mit dem Stadtaufbau wurde ein Katakombennetz gebaut mit der sagenhaften Länge von 1900 km, was der Entfernung Kiew-Leningrad entspricht. Zur Zeit des Zweiten Weltkrieges kämpften von den Katakomben aus Partisanengruppen, die an vielen Stellen auftauchten und wieder verschwanden. Wir wollten die Katakomben auch sehen, doch war uns der Zutritt untersagt. Die Dolmetscherin ging auf unser Verlangen gar nicht ein. Es wäre bestimmt interessant gewesen. Die Touristen aus der DDR hatten Zutritt.

Der Obelisk, erbaut zu Ehren eines unbekannten Matrosen, war eine sehr interessante Sehenswürdigkeit. An diesem Obelisken wurde von Pioniere und Komsomolzen Wache gehalten. Jede Viertelstunde wechselte die Wache. Einmal im Leben durften die Jungen und Mädchen hier Wache halten. Es bedeutete für sie eine große Ehre. Eine Viertelstunde am Obelisken.

Die Jungen standen mit einem Gewehr, welches sie quer über der Brust hielten, neben einem ewigen Feuer und starrten in strammer Haltung in die Ferne. Zwei Mädchen gingen im Kreis um den Obelisken herum. Wenn sie sich begegneten, hielten sie voreinander, machten eine militärisch exakte Kehrtwende und begannen das Spiel von vorn. Die Ernsthaftigkeit dieser Ehre begann aber erst vor dem Obelisken. Ich filmte zufällig eine neu anmarschierende Gruppe von vier Jungen und zwei Mädchen. Als sie vorüberzogen, konnte sich ein Mädchen das Lachen nicht verkneifen und grinste mich schelmisch an.

5.9.1973
Mein Geburtstag
Wagen waschen und Pflegen

Ich hörte Geräusche und wachte auf. Sissi war ins Zelt gekommen und hielt einen Blumenstrauß in der Hand. Sie war unbemerkt aufgestanden.

„Guten Morgen und herzlichen Glückwunsch zum Geburtstag", sage sie und gab mir einen Kuss auf die Wange. War das schön. Sie hatte meinen Geburtstag nicht vergessen und war so lieb zu mir. Es musste sie einige Mühe gekostet haben, den Strauß zusammenzusuchen. Es wuchsen hier nur sehr spärliche Blumen.

„Guten Morgen, Sissi. Danke schön. Aufmerksam von dir, dass du an meinem Geburtstag gedacht hast."

„Los! Komm aus den Federn. Das Frühstück

wartet."

Das war ja toll. Da hatte sie sogar schon Frühstück gemacht. Und neben meinem Teller lag, verpackt, ein kleines Geschenk. Ich öffnete das Papier. Ein Kugelschreiber war darin. Aber kein alltäglicher. Er war aus Holz und mit der Hand kunstvoll bemalt.Nach dem Frühstück gingen wir zum Strand, um noch an unserem zweitletzten Tag in der UdSSR etwas Sonne und Wasser zu genießen.

Der Wind wehte vom Land aufs Meer hinaus. Es sah ruhig aus. Aber es täuschte. Die Wellen gingen ins Meer hinaus und so sahen wir nur selten Schaumkronen, die, für uns unsichtbar, hinter den Wellen versteckt, die Gefährlichkeit des Meeres verdeckten.

„Gehen Sie heute nicht mit der Luftmatratze auf das Wasser", warnte uns der Strandwart.

Wir waren schon von unserer Tour mit dem Ruderboot gewarnt. Es bedurfte für uns keine große Warnung. Der Hintern tat mir heute noch weh. Die Schwielen an meiner Hand waren eingetrocknet, und ich konnte die Haut abziehen.

Mathias und ich ließen Sissi und Irina am Strand zurück und widmeten uns dem Auto. Mathias gab mir eine Lektion im Abschmieren und Pflege des Autos. Wir setzten behelfsmäßig die Heizung außer Betrieb. Die war auf der linken Seite irgendwie blockiert und heizte lustig drauflos. Das war bei solchem Wetter mehr als unangenehm. Der Wagen wurde gewaschen und war eigentlich bereit für die „große Fahrt" Richtung Türkei, Griechenland und Italien.

Der Auspuff hatte ein hässliches Loch, und der Motor war nicht gerade leise. „Der Wagen läuft nur auf drei Pötten", sagte jemand hinter uns, als er die Geräusche des Wagens hörte.

Er musste sich täuschen. Das war bestimmt nur der Auspuff, der ihn irritierte. Beim Zelt hörten wir uns das Geräusch noch einmal an.

„Nein, der läuft schon auf vier Pötten, nur die Ventile müssen dringend nachgestellt werden … hörst du das Klacken? Das sind die Ventile", sage Mathias. Der Herr, der gesagt hatte, der Wagen liefe auf drei Pötten, war auch wieder da. Er ließ sich von seiner Idee nicht abbringen.

„Ich bin Testfahrer", sagte er, ich habe schon viele Wagen gefahren und gehört, der läuft auf drei Pötten."

Der Testfahrer und seine Frau hatten ein kleines batteriebetriebenes Fernsehgerät. Am heutigen Abend spielte die UdSSR gegen die BRD. Das Spiel wurde übertragen und eine Menge Leute scharten sich um das Gerät.

Mathias und die Berliner waren auch da. Sissi kam und bat mich, den anderen Platz zu nehmen. Es wurde eine gemütliche Runde eröffnet und Gespräche über Gott und die Welt geführt. Der Testfahrer und seine Frau Tanja waren auf der Hochzeitsreise. Das Auto war ihr Haus und Odessa ihr Urlaubsort. Wir sprachen den alkoholischen Getränken stark zu, und der Testfahrer und Tanja versuchten vergeblich, uns mit Melonen zu versorgen.

Tanja stand plötzlich auf und versuchte, die Toilette zu erreichen. Sie schwankte gefährlich und ihr Mann kam ihr zu Hilfe. Er kam mit ihr wieder. Sie legte sich, ohne sich zu verabschieden, nieder. Sie war geschafft, hatte ihr Letztes gegeben und war am Ende. Auch wir gingen bald ins Bett.

6.9.1973
Geschnitzte Baumstämme
Tee aus dem Samowar

Grischa war wieder aufgetaucht. Rein zufällig schien es. Er hockte wieder an der alten Stelle am Strand und schnitzte an seinen Stiften. Wir setzen uns zu ihm.

„Kommt ihr noch mit in die Stadt?",
fragte Grischa.

„Wir müssen unbedingt noch in die Stadt", sagte Sissi. „Wir müssen noch unsere Schallplatten nach Deutschland schicken. Morgen fahren wir schon nach Istanbul."

"Das ist ja gut. Ich hole meine Frau ab und wir gehen dann noch ein wenig aus."

„Wir können ja auch mal den Versuch machen, in die Katakomben zu kommen", schlug Irina vor.

Wir zögerten nicht mehr lange und brachen bald zur Stadt auf. Gleich ging es zur Stelle, von der aus man die Eintrittskarten zu den Katakomben bekam. Es war schon zu spät und Grischa konnte nichts mehr ausrichten. Andernfalls wäre es scheinbar gegangen. Man musste es halt einmal auf diese Tour versuchen. Grischa führte uns in den Park.

Vorbeiging es an Ziersträuchern und einem Brunnen, der mich faszinierte. Das Wasser stäubte hoch in die Luft und der Sonnenschein zauberte einen Regenbogen. Da das den Verkehr manchmal blockierte, blieb ich gleich hinter den anderen zurück. Wir kamen zu einem Spielplatz. Zwei Bildhauer waren dabei, in einen toten Ast eine Figur zu schnitzen. Baumstümpfe hatten Gesichter und ein langer schmaler Stumpf zeigte ein Schlangengesicht. Hervorragend und perfekt gemacht.

Dann trennten sich unsere Wege für eine Weile. Wir mussten unsere Schallplatten loswerden. Es war wieder einmal eine Tortur. Eineinhalb Stunden verbrachten wir mit Warten und Ausfüllen von Zollbescheinigungen. Das zeigte einmal mehr, wie unterschiedlich die Postregeln gehandhabt wurden.

In Kiew wurde dieser Zauber nicht mit uns gemacht. Hier war es vor zwei Tagen so, dass man mir, als wir unsere Bücher aufgaben, sagte, dass man weder 2 kg noch 5 kg Päckchen annahm. Nach langen Diskussionen einigte man sich auf 3 kg. 4 Päckchen waren schon fertig, als eine Frau mit Regeln schwarz auf weiß gedruckt ankam und 5 kg durchsetzte. So wurden die letzten beiden Päckchen mit je 5 kg gepackt. Das hatte wiederum zur Folge, dass die Dame am Annahmeschalter nicht mitmachte und die Sendungen monierte. Da musste ich zurück, die Dame holen, und die wiederum setzte ihren Willen auch hier durch. Eine freundliche Frau hatte mir unterdessen warten geholfen.

Sie war von meinen Sprachkenntnissen entzückt und fragte, woher ich käme. Als sie meine Antwort hörte, zog sich eine Falte über ihr Gesicht. Nicht lange, aber ich merkte es. Sie hatte wohl schlechte Erinnerungen an die Deutschen. Vielleicht hatte sie im Krieg einen Angehörigen verloren. Ich hatte dafür Verständnis.

Gegen 7 Uhr trafen wir Grischa wieder. Er hatte seine Frau dabei. Sie war sehr schüchtern und schweigsam. Sie beteiligte sich kaum an den Gesprächen und nahm ziemlich alles kommentarlos hin. Grischa führte uns in ein Tee-Café. An jedem Tisch war ein elektrisch beheizter Samowar angebracht. Es wurde ein Teeextrakt serviert und wir füllten aus dem Samowar die Tassen mit heißem Wasser. Grischa las aus Sissis Hand. Er hatte darin sehr viel Übung und zeigte großes Geschick. Seine Aussagen über Sissi waren sehr konkret und stimmten teilweise.

Es war dunkel geworden und ich drängte zum Aufbruch. Am Zelt tranken wir mit Irina und Mathias noch zum Abschied Wein und begaben uns in die Zelte. Morgen würden wir Odessa verlassen. Wir rüsteten schon geistig zum Aufbruch. Die Zeit zerrann mir unter den Fingern.

7.9.1973
Kampf mit dem Zollapparat
Herby lernt fliegen

Fieberhaft packten wir am Morgen unsere
„sieben Sachen" und hatten alle Hände voll zu tun.
Mathias leistete uns noch Gesellschaft, denn Irina war
wieder einmal unterwegs um ihre Verwandten zu
besuchen. Der Testfahrer und seine Frau
verabschiedeten sich von uns. Tanja war eine
bezaubernde Frau. Sie war, kann man sagen, eine
russische Schönheit. Sie passte vom Äußerlichen gar
nicht zu ihrem Mann. Sie war quicklebendig und zu
spontanen Reaktionen fähig.

Sissi schenkte ihr Strümpfe, die sie eigens zum
Verschenken mitgenommen hatte. Tanja war erfreut
darüber und ihr Mann brachte uns seinerseits eine
Flasche Schampanskoje. Von unseren Nachbarn auf der
linken Seite hatten wir schon am Vortag Abschied
genommen und ihnen unsere zwei Teebecher
geschenkt. Sie wollten sie eigentlich kaufen. Das kam
uns aber zu schäbig vor, aus unseren Sachen Profit zu
schlagen. Auch von ihnen wurden wir geradezu mit
Geschenken überhäuft. Maiskolben, Äpfel und
Weintrauben in Hülle und Fülle. Ein Pensionär aus
Leningrad, ich habe ihn bisher nicht erwähnt, wohnte
in seinem Auto vor uns. Wenn er zur Küche ging, hatte
er immer ein paar freundliche Worte für uns übrig.

Er deckte uns mit seiner Lebenserfahrung und Mahnungen ein, aber in einer sehr charmanten Art und Weise, die uns angenehm berührte. Er hatte einen kleinen Sprachfehler. Er sprach nicht das übliche gerollte „r". Das klang sehr komisch, wenn er zu uns sprach. Dann kam noch der amerikanisch sprechende Freund aus der Administration und bat uns, eine Bemerkung in das Buch „Lob und Tadel" zu schreiben. Er wartete gar mit einem Geschenk auf. „Die Weltraumfahrt und ihre Nutzung". Dann brachen wir endgültig auf.

Auf dem Weg zum Ausgang begegneten wir noch einmal Mathias und Irina. Sie standen resigniert vor uns.
„Ich bin nicht gekommen mit dem Wagen", sage sie. Der Motor ist sauer. Bin einfach stehen geblieben." Das war eine böse Bescherung für die beiden. In zwei Tagen war auch für sie der Urlaub zu Ende. Motorschaden hieß: unfreiwilliger Urlaub und Auseinandersetzung mit den Behörden, da das Visum verlängert werden musste. Dazu kamen noch die Kosten für die Materialbeschaffung der Autoteile. Wir drückten ihnen die Daumen.

Dreimal waren wir im Laufe der Zeit am Hafen gewesen und versuchten herauszufinden, wann wir uns einfinden mussten. Zuerst hieß es 11 Uhr, dann 14 Uhr. Wir erschienen um 14 Uhr. Und wo mussten wir die Zollangelegenheiten erledigen? Wo wurde das Auto untersucht?

„Da gehen sie bis zum Ende des Anlegestegs, dann nach rechts, erste Etage."

Nach längerem Suchen fanden wir das Versteck.
Man konnte es nicht anders bezeichnen.

„Guten Tag. Wohin geht die Reise?"

„Istanbul"

„Da sind Sie hier falsch. Das müssen sie

im Hauptgebäude erledigen."

Hatte es mir gleich gedacht. So einfach konnte es doch nicht sein. Im Hauptgebäude verwies man uns auf einen Herren, der die Sache regeln könnte.

„Wohin wollen Sie?"

„Nach Istanbul. Mit der Baschkirija."

„Da sind Sie ja viel zu früh. Kommen sie um 17 Uhr wieder."

Hatte ich doch gleich gedacht. So früh war doch Unsinn. Die Baschkirija war ja bis jetzt nicht einmal im Hafen. Wir schlugen uns die Zeit bis 17 Uhr so gut es ging um die Ohren. Wir hatten das Warten ja schon gelernt. Trotzdem, wenn man auf etwas wartet, werden Minuten zu Stunden. Punkt 17 Uhr standen wir wieder beim Auto und suchten den Mann, der uns herbestellt hatte. Wir fanden ihn. Er versprach uns, das Auto gleich abzufertigen. Mit dem Handgepäck hätten wir jedoch Zeit bis 20 Uhr. Da saßen wir nun auf der Bank und warteten auf die Abfertigung unseres Autos.

Ein Herr mit einem Helm blieb vor uns stehen und fragte nach Feuer. Die Baschkirija lief ein.

„Wo kommen Sie her?", fragte er uns.

Die übliche Fragerei begann. Aber es wurde noch interessant. Er berichtete uns über seine Sorgen mit dem Job und dem Geld.

„Ich verdiene 120 Rubel im Monat. Das ist natürlich viel zu wenig. Meine Frau studiert und genau gerechnet haben wir 40 Rubel zu wenig.

„Besteht denn keine Möglichkeit mehr zu verdienen?"

„Ja. Gibt es schon. Dazu müsste ich jedoch in den Norden. Sagen wir mal zur Eiszone. Da gibt es Sonderzulagen und nach, sagen wir mal 5 Jahren, bekäme ich an die 400 Rubel. Dafür muss ich aber auf die Wärme hier verzichten und friere mich da oben zu Tode. Und die dicken Bonzen schlagen sich den Wanst hier unten voll. Die leben alle auf Staatskosten. Die bekommen kein Gehalt. Aber dafür können sie alles kaufen, was sie wollen, gehen ins Geschäft, nennen ihren Namen und schon ist die Sache geritzt. Die können das machen. Haben ihre Datschen auf dem Land, gleich mehrere und schieben sogar mit den Geldern herum, die uns gehören. Verkaufen einfach Wohnungen, die für die Arbeiter gedacht sind, schieben und bekommen noch Geld dazu. Aber mit uns können sie es ja machen. Aber manchmal erwischt es sie doch. Erst kürzlich haben sie wieder einen geschnappt. Da hat er mit sämtlichen Verwandten und Bekannten für 1000 Rubel in einem Restaurant verzehrt. Dann kamen sie ihm auch noch mit anderen Sachen auf die Schliche, und weg war er vom Fenster."

Er konnte wirklich viele Geschichten erzählen und wir hörten gebannt über die Auswüchse im Sozialismus. Es war schon 19 Uhr geworden und Zeit für uns, sich um das Auto zu kümmern. Er half uns dabei. Er organisierte den Herren wieder und die Untersuchung fand statt. Sie verlief recht harmlos. Und dann lernte Herby fliegen. Der Schiffskran schwenkte herüber. Die Räder wurden in Laschen gezogen und schon flog unser Herby davon. Wir blickten ihm nach, bis er auf dem Deck verschwand.

Um 21:30 Uhr war es auch uns gelungen an Bord zu gehen. Wir durchliefen etliche Zollstationen. Das Ticket wurde kontrolliert, unser Reisegepäck und das Visum. Dann erhielten wir unseren Passagierschein.

Stewardessen leiteten uns durch die Gänge zu unseren Kabinen. Wir hatten eine Kabine für 6 Personen gemietet. Ein älterer Herr aus Bulgarien war schon anwesend.

Etwas später kam noch ein altes Ehepaar, ohne Zähne und hustend in die Kabine und richtete sie ebenfalls häuslich ein. Der alte Mann hustete in einem fort. Die Nacht schien laut zu werden. Wir hatten uns aber gut mit Schampanskoje ausgerüstet und wollten so lange es eben geht auf dem Deck bleiben und uns an der Nacht auf See erfreuen.

Bald bezogen wir Stellung. Dazu suchten wir uns zwei Liegestühle aus. Von uns aus gesehen konnte die Fahrt beginnen. Wir wurden in unseren Stühlen jedoch noch einmal empfindlich gestört.

Der Laderaum war voll. Nun wurde die restliche Fracht auf dem Passagierdeck niedergelassen. Drohend schwebte über unseren Köpfen der Lastenkran. Wir mussten ihm ausweichen und konnten erst nach Ende der Arbeit wieder in unsere Liegestühle zurück.

Es war sehr viele Türken an Bord. Das hätte ich nie geglaubt, dass es so viele Türken in Odessa gab, ich denke, es waren Gastarbeiter. Wir hielten es bis 2 Uhr aus. Wir befanden uns auf hoher See und ein leichter Wind ging uns durchs Haar. Als wir die Kabine betraten, war alles still. Das heißt, die Personen schliefen ruhig. Das Vibrieren der Motoren war erträglich und alle anderen Geräusche wurden durch das gleichmäßige Rauschen der Belüftungsanlage überdeckt. Wir schliefen schnell ein.

8.9.1973

Auf hoher See

Tolles Essen und Orangen

Halt in Bulgarien

Wir bitten die erste Schicht sich in 15 Minuten zum Frühstück in den Restaurants einzufinden.!"

Diese Worte rissen mich am Morgen aus meinem tiefen Schlaf. Die dumpfe warme Luft und das Rauschen der Frischluftanlage hatten mich bis zum Morgen tief schlafen lassen. Wir gehörten zur zweiten Schicht. Da hatte ich ja noch etwas Zeit mich vom Schlaf zu erholen und frisch zu machen.

Das Essen war im Preis inbegriffen. Es war reichlich und ausgezeichnet. Ich hätte gewünscht, in den Restaurants der UdSSR hätte es auch so gutes Essen gegeben. Der Tee schmeckte nach Tee und auch andere Gerüche waren mit dem Essen identisch. Wir wurden richtig verwöhnt.

Nach dem Essen begaben wir uns wieder auf das Deck. Wo wir hinsahen, war Wasser.

Am Heck verfolgten uns schreiende Möwen, und das Schiff zog ruhig seine Bahn und hinterließ eine breite lange Heckspur. Sissi fühlte sich nicht wohl und ging zur Kabine zurück.

„Ich lege mich noch etwas hin", sagte sie und legte ihre Hand auf den Bauch, als ob etwas herausfallen könnte. Ich blieb allein zurück.

Ich schlich mich leise in die Kabine, öffnete vorsichtig den Vorhang, der an jedem Bett angebracht war und legte ihr vorsichtig einen Zettel an das Kopfkissen mit schönem Gruß. Sie schlief fest.

Die Ansage zum Mittagessen musste sie geweckt haben. Kurze Zeit später erschien sie am Deck. Sie lächelte und bedankte sich für die kleine Aufmerksamkeit. Ihr Lächeln freute mich sehr. Das Mittagessen war genauso gut wie das Frühstück.

Um 17 Uhr Moskauer Zeit und 16 Uhr Landeszeit machten wir in Warna fest.

Wir hatten 5 Stunden Zeit, uns die Beine zu vertreten. Das nutzten wir aus. Der Zollbeamte gab uns einen Passierschein, und wir betraten den bulgarischen Boden. Der Halt kam für mich unverhofft.

Ich ging davon aus, dass wir nonstop bis Istanbul fahren. Eine lange steinerne Mauer trennte den Hafen vom Badestrand ab. In die Stadt war es zu weit. Wir konnten nicht einmal einen Bus nehmen. Wir hatten auch kein bulgarisches Geld. Der Strand war schön

9.9.1973

Istanbul
kindliche Freude über Zitrusfrüchte
beispielhafte Sauberkeit
des Campingplatzes

Um 8 Uhr morgens gingen wir in Istanbul vor
Anker. Es empfing uns eine laute Stadt. Die Abgase der
Autos stiegen uns in die Nase. Da wussten wir, dass wir
wieder in einem kapitalistischen Land waren. Das Verlassen
der Baschkirija ging schnell und reibungslos vor sich. Nur
mit dem Auto ließ man sich Zeit. Sissi und ich machten es
uns auf den Kisten vor dem Schiff bequem und warteten auf
Herbys Rückflug.

Sissi vertrieb sich die Zeit mit Häkeln. Der Bikini
war fertig. Jetzt kam noch eine Überjacke an die Reihe. Ich
machte meine Kamera bereit, um Herby zu filmen. Es sieht
wirklich komisch aus, wenn ein Auto fliegen lernt. Herby
hing hilflos in den Seilen, schwebte durch die Luft und
senkte sich ganz vorsichtig. Ein Türke sprang zur Hilfe und
gab Herby die richtige „Landerichtung" und nahm die
Halteseile ab. Unser Gepäck wurde kontrolliert und dann
war der Weg in die Türkei frei.

Zum Geldwechseln begaben wir uns in das
Innere des Gebäudes. Was wir sahen, ließ unser Herz höher
schlagen. Dort waren Souvenirläden mit farbenprächtigen
Hemden, Zeitschriften, Straßenkarten und Stadtplänen.

Alle diese Sachen, die wir in der SU vermisst hatten, erfreuten uns. Nicht, dass wir das kaufen wollten. Aber die Tatsache, dass sie überhaupt hier waren, gab uns den Auftrieb. Staunend gingen wir durch die kleinen Läden.

Der Türke, der unseren Herby abgeseilt hatte, war uns auch beim Gepäck behilflich gewesen und sperrte nun das Tor auf, damit wir aus dem Hafen-gelände kamen. Er hielt uns noch einmal an und hielt die Hand auf. Wir kramten 3 Lire aus der Tasche und drückten sie ihm in die Hand. Offensichtlich war er damit nicht zufrieden. Er deutete an, dass er zwanzig Lira haben wollte.

„Was? 20 Lira? Das ist ja ein Vermögen. Nein, das muss reichen. Verstehen Sie? Wir sind Studenten. Wir haben nicht so viel Geld. „

Er drukste noch etwas herum und gab sich zufrieden.

„Ich glaube, daran müssen wir uns jetzt gewöhnen," sagte Sissi. „Die sind hier schon so durch den Tourismus verseucht, dass sie unverschämte Preise verlangen."

Ich breitete den Stadtplan aus und versuchte, mich zu orientieren. Doch es waren keine Straßennamen zu entdecken. Auch an anderen Straßenecken konnten wir keine Schilder entdecken.

Das könnte ja heiter werden. Es wurde heiter. Auf dem Stadtplan waren sie zwar angegeben, aber was nützte das, wenn nirgends ein Schild hing?

Schließlich gewöhnten wir uns daran, uns nach eingezeichneten Gebäuden, Burgen und anderen Sehenswürdigkeiten wie Moscheen zu orientieren. So fanden wir nach einiger Zeit für einen Campingplatz.

Zuvor starteten wir auch einen Versuch, uns von der Bevölkerung helfen zu lassen. Aber die einfache Bevölkerung spricht gerade ausreichend Türkisch und mit unseren Fremdsprachenkenntnissen war nichts zu machen. Wir hielten an einer Tankstelle. Zwei junge Burschen standen dann hilflos vor unserem Stadtplan.

„Wo ist ein Campingplatz? Camping!"

Die Burschen nickten wohlgefällig mit dem Kopf und strichen mit ihren Fingern wieder über den Stadtplan. Sie wussten mit einem solchen Papier überhaupt nichts anzufangen. Es sah aus, als ob sie das gezeigte Bild für ein Gemälde hielten und nun rätselten, wer wohl der Maler sei. Ich zog ihnen das „Gemälde" wieder aus den Händen und verab-schiedete mich leicht mit dem Kopf nickend.

Eine Informationsstelle half uns weiter. Die Türkei ist mit einem Netz von Campingplätzen durch-zogen, welches von RP organisiert wird. Die Plätze nannten sich „Mocamp".

Sie zeichneten sich durch eine einwandfreie Wartung aus. Die Einrichtungen waren modern und hygienisch. Sissi war entzückt und sagte mir dieses auch überdeutlich. Noch am selben Tag un-ternahmen wir noch eine Tour in die Stadt, die einem Ameisenhaufen glich. Große amerikanische Straßenkreuzer beherrschten das Stadtbild.

Die Stadt war eine einzige Geräuschkulisse. Autos hupten überall und immer. Man hupte beim Überholen, an den Kreuzungen, auch manchmal ohne Grund, so schien es zumindest. Die Taxis, alte amerikanische Wagen, waren durch gelbe Muster gekennzeichnet. Taxis, die leer fuhren, hupten in regelmäßigen Abständen.

Viele private Autos hatten sich zur Fabrikhupe Fanfaren und Hörner eingebaut. Beim Überholen hupten sie dann. Das jagte uns oft solch einen Schreck ein, dass wir am Steuer zusammenzuckten. In der Stadt schaute man sich willkürlich nach den Hupern um. Hatte man was verkehrt gemacht?

Überall waren übrigens Schilder angebracht, dass das Hupen untersagt ist. Die Ampeln waren, glaube ich, nur symbolisch. Die Fahrer fuhren, wie sie wollten. Es war doch rot. Aber das störte scheinbar niemanden. Alle bewegten sich mitten in die Kreuzung hinein. Mich wunderte, dass ich nicht mehr Stellen sah, an denen der Verkehr vollkommen zusammenbrach. Das ist wohl ein Geheimnis der Istanbuler Autofahrer.

Wir hatten uns genau gemerkt, woher wir gefahren waren und machten einen Bummel durch die Straßen. Etwas fiel uns gleich auf. Die Jugend war außerordentlich modern gekleidet. Sie trug saubere und ordentliche Kleidung, die zudem noch vom neuesten Schnitt war. In den Cafés sah man fast ausnahmslos Männer. In größeren Lokalen der Innenstadt waren auch Frauen zu sehen. Ging man aber in eine Seitengasse, war das Moderne verschwunden. Hier galten wieder alte Regeln. Und die Geschäfte!

Mein Gott, dass es so etwas gab. Alles war voll bepackt, und alles war zu bekommen. Die kleinsten Kioske führten Batterien. Ich nahm gleich einen ganzen Schwung mit. Da sollen sich die Russen mal eine Scheibe abschneiden. Eine ganz kleine Scheibe wäre schon ein großer Erfolg für das Volk.

Doch heute war Sonntag und ein Großteil der Geschäfte war geschlossen. Der Basar, er war ganz in der Nähe, versteckte sich hinter Fassaden und war für uns bisher nicht zu finden.

Wir gingen in ein kleines Café und tranken seit Langem mal wieder einen erstklassigen Kaffee. Das waren alle diese kleinen Dinge, die ich vermisst hatte. Nun verschwand auch die unterschwellige Gereiztheit und verkehrte sich in kindliche Freude, als ich einen Obststand mit Orangen, Bananen und Zitronen sah.

Ich will und kann diese Stadt nicht in Einzelheiten beschreiben, doch die Eindrücke jeder Stadt, die wir durchfuhren, jedes Menschen, dem wir begegneten, wären es wert, ein ganzes Buch darüber zu füllen. Nur ein Bruchteil von dem wirklich Erlebten blieb hängen und nur ein Bruchteil von dem, was hängenblieb, kann ich hier wiedergeben.

10.-13.9.1973
Fieber, Schupfen, Husten
De Basar

Als ich am Morgen aufwachte, hatte ich Fieber, Husten und Schnupfen. Die Grippe verschlimmerte sich zusehends, und am nächsten Tag war ich so weit, dass ich meine Umgebung nicht mehr richtig aufnahm. Das ist der Grund, warum ich die Tage in Istanbul zu einem Bericht zusammenfasse.

Das Erste, was heute gekauft werden musste, waren Taschentücher. Den ganzen Tag lief ich träge und verschnupft, mit hohem Fieber durch die Gegend. Wir verwandten gleich zwei Tage, um uns den Basar eingehend anzusehen.

Die Waren, die wir kaufen wollten, suchten wir nach Preisen aus, verglichen Preise und Qualität der Gegenstände vieler Händler und entschlossen uns erst am dritten Tag zum Kauf. Sissi konnte manchmal den Versuchungen nicht widerstehen und deckte sich bis zum Jahr 2000 mit Hals-Kopf und „Was-weiss-ich-für-Tüchern" ein.

Der „Große Basar", so nannte er sich, war ein rein kommerzielles Geschäft. Die Preise waren sehr hoch. Manchmal entdeckten wir in kleinen Geschäften der Stadt die gleichen Waren zu niedrigeren Preisen wie im Basar. Die Verkäufer sind auf Tourismus eingestellt und haben einen erfahrenen Kennerblick.

Wir wurden gleich in Deutsch an- und überredet in Geschäfte einzutreten. Das ging bis zur Dreistigkeit.

Der Basar ist in einem tunnelartigen Gewölbe versteckt. Die Verkäufer lauern geradezu auf „frische Touristen".

Verkäufer fassten mich oder Sissi oft am Arm und wollten uns zum Hineingehen animieren. Wir lehnten jede Annäherung der Leute rigoros ab und gingen schnell weiter. Das wirkte sehr störend und hinderte uns daran, in Ruhe alles zu betrachten. Zum Glück waren nicht alle so. Manche hatten eine bessere Verkaufstaktik. Sie ließen die Kunden eintreten und in Ruhe alles betrachten. Die Pelzverkäufer jedoch waren alle von der gleichen penetranten Sorte.

In den Gewölben waren Lederwaren, Alabaster, Teppich- und Textilwaren untergebracht. In einer anderen Gasse befanden sich Kupfer- und Messingwaren. Hier fanden wir ein reichhaltiges und preiswertes Revier und deckten uns mit Samowars, Teegeschirr, Kupfer- und Messingkesseln und anderen interessanten Waren ein.

Jedoch muss ich hinzufügen, dass die Freude des Suchens und Handelns durch den großen Touristenverkehr stark getrübt wurde. Wir hatten häufig den Eindruck, nicht mehr auf einem Basar, sondern in einem Kaufhaus zu sein.

Den letzten Tag in Istanbul widmeten wir einer Stadtbesichtigung. Wir besuchten die Blaue Moschee. Vor der Moschee gaben wir unsere Schuhe ab und Sissi zog sich eine Art Büßergewand an, bevor wir die Moschee betraten. Sie war riesig groß. Der ganze Boden war mit wertvollen Teppichen belegt. Die Touristen wurden mit einer Sperre abgehalten, die ganze Moschee zu durchlaufen. Dort durften nur die Moslems hin. Alte Weiber saßen in einer Gruppe am Boden und Männer mit Kopfbedeckungen durchschritten andächtig die Moschee. Die Wände waren von oben bis unten mit blauen Wandmalereien bedeckt.

Den Abschluss der Besichtigung bildete eine Fußwaschung am eigens dafür vorgesehenen Becken und ein Gang durch einen, man kann sagen, echten türkischen Gemüsemarkt.

Der Weg führte uns durch kleine, dunkle Gassen. Links und rechts waren Obst- und Gemüsestände aufgebaut. Männer saßen in kleinen Cafés und tranken Tee. Frauen waren hier nicht zu finden. Hier herrschte ein reges Kommen und Gehen, welches erst an den Außenbezirken des Marktes schwächer wurde. Die kleinen Gassen, die danach folgten, waren schmutzig und fast unheimlich. Hier gab es keine asphaltierten Straßen mehr, sondern nur noch große Steine, die den Weg gangbar hielten. Kleine Kinder rannten spielend hin und her und scheue Frauenblicke folgten uns aus den Fenstern. Hier war die Türkei noch unberührt von der Hast des Alltags und alles schien seinen trägen vorbestimmten Gang zu gehen.

Das täuschte natürlich, denn 50 Meter neben der Gasse quirlte und brodelte es auf der Hauptstraße. Dort spielten keine Kinder mehr. Hier dominierten das Fahrzeug und die Technik.

Wir setzten uns ins Auto und fuhren zu einem Strand. Ein Steg führte über Geröll ans Meer. Wir setzten uns und schauten noch einmal auf das Schwarze Meer. Das tat gut. Schulter an Schulter lehnten wir und ließen die Beine im Wasser spielen. Ruhe und Verlassenheit. Nur manchmal schreckte uns ein Auto auf der Straße mit seiner überlauten Fanfare, bis wir wieder erneut zu uns und dem Meer fanden.

Ich hatte in der Stadt eine Süddeutsche Zeitung kaufen können. Auf der Titelseite fiel mir ein Artikel, besonders ins Auge. Dort stand:

Die Cholera-Suche hat wieder Todesopfer gefordert. Diese erneuten Todesopfer lassen neue Missstände erkennen, die bisher im Dunkeln lagen. Die Sache erweitert sich mehr und mehr zu einem handfesten Skandal. Wer sind die Schuldigen? Die deutschen Urlauber treten in Scharen die Rückreise an, die Reisebüros melden viele Rückbuchungen. Ein schwerer finanzieller Schlag, der nicht nur die Reisegesellschaften trifft, sondern auch Italien, das mit hohen Devisenverlusten rechnen muss. Es befinden sich …

Schweigend gab ich Sissi die Zeitung und deutete mit dem Finger auf den Artikel.

Ich wollte sehen, ob ihre Entscheidung mit der meinen übereinstimmt. Sie las.

"Ja, Ferfi, dann fahren wir nicht nach Italien. Was meinst du?"

Das wollte ich nur hören. Wir schmiedeten neue Fahrpläne.

„Das ist wirklich dumm, dass wir keine Straßenkarten mehr haben."

„Wir haben doch noch den Atlas, den Arnold uns geschenkt hat." meinte Sissi.

Kleinlaut gab ich zu, dass ich den versehentlich mit den Büchern nach Deutschland geschickt hatte.

„Wir werden uns hier einen kaufen", warf ich ein, um das Thema zu beenden. Fest stand, wir würden Italien meiden und uns durch Griechenland über Jugoslawien einen Weg nach Hause bahnen.

Der Bosporus und eine Stadtteilansicht von **Istanbul**

14.9.1973
Mit der Fähre über die Dardanellen
Canakkale

Von Istanbul aus fuhren wir an der Nordseite des Marmarameeres zur Halbinsel Gallipoli, um von dort aus nach Kleinasien überzusetzen.

„Wollen wir direkte Straßen fahren, oder kleine Umwege durch das Land machen?", fragte Sissi.

„Das ist eine gute Idee. Schau, wir könnten bis ungefähr Malkara fahren, dann biegen wir links ab Richtung Balli. Diese Strecke können wir Sarköy fahren und kommen dann wieder Hauptverkehrsstraße zurück."

Dieser Weg war auf unserer Karte rot eingezeichnet. Die Hauptstraße war blau.

„Was heißt das Rot? Schaue doch bitte mal in die Zeichenerklärung", bat mich Sissi.

„Also, blau ist asphaltiert und rot entweder Schotterstraße oder Pflasterstraße."

„Und was heißt die geringelte rote Linie neben der Straße?"

„Das heißt kurvenreiche Strecke."

„Das ist aber kein guter Weg. Na, wir können es ja mal probieren. Sonst sehen wirdas Landesinnere nie."

Wir mussten sehr aufpassen, um die Abfahrt zur Strecke nicht zu verpassen. Dann fanden wir das Hinweisschild. Wir waren schon halb vorbeigefahren. Die Fahrt versprach, lustig zu werden. Spitze Steine schauten aus dem Boden. Die Straße war uneben und wir polterten so richtig über die Wege. Sissi schien die Fahrt gar nicht gut zu bekommen. Nach einer Weile wurde ihr sogar schlecht. Ich fuhr etwas vorsichtiger.

Dieser Wellengang der Straße hatte ihre Übelkeit verursacht. Fürs Umkehren war es schon zu spät. So blieb ihr nichts anderes übrig, als die Strecke durchzustehen. Die Vegetation war hier sehr spärlich. Weite Strecken waren zwar bewachsen, aber das Strauchwerk erreichte auf diesem Boden höchstens einen Meter Höhe.

Auf Äckern arbeiteten Frauen. Hier konnte ich zum ersten Mal die Pluderhosen sehen, in denen die Frauen hier gingen. Wir hielten vor einer Moschee. Ein Ausrufer stand auf dem Turm und sang mit vorgehaltener Hand seine Gebete, die sofort vom Wind fortgerissen wurden. Das war ein seltsames Erlebnis. Eine Moschee, drei Häuser und weit und breit keine Menschenseele. Der Ausrufer sang in die Einsamkeit und wir warteten vergeblich auf ein Echo. Nichts regte sich in der Mittagssonne. Selbst der Mann auf dem Turm stand reglos. Nur sein Gesang erinnerte an Leben.

Die Hügel lagen mit ihrer rötlichen, brüchigen Erde vor uns und vertieften in mir das Gefühl der Einsamkeit und Öde.

Wir fuhren nun auf die 65 km lange Halbinsel Gallipoli zu. Auf der Höhe von Canakkale wollten wir die Meerenge, die Dardanellen, die das Marmarameer vom Ägäischen Meer trennte, überqueren. Je weiter wir auf die Halbinsel kamen, umso schlechter und enger wurde die Straße. Gegen vier Uhr erreichten wir den Fährhafen.

Vergeblich hatten wir nach einer Brücke Ausschau gehalten. Aber was wir suchten, war nicht vorhanden. Die Meerenge war zwischen 1.300 Metern und 7 km breit. Für umgerechnet 2,50 DM wurden wir mit einer Fähre nach Canakkale gebracht.

Etwas außerhalb von Canakkale fanden wir ein Hotel für 90 Lire. Es lag direkt am Meer und war noch halb im Rohbau. Im Zimmer fehlten noch einige Lampen. Aber die Hauptsache war, es war sauber.

Sissi legte eines ihrer neu erstandenen Kopftücher
um, und wir machten kurz nach Sonnenuntergang einen
Spaziergang am Strand. Viel kleines Gehölz war hier vom
Meer angespült und kleine, bläulich schimmernde
Quallen lagen halb vertrocknet im Sand.

Über dem Wasser lag eine dünne Nebelschicht und
ließ den Blicken und der Fantasie freien Lauf über das, was
sich hinter diesem zarten Vorhang verbarg.

Sissi begab sich früh zu Bett. Der Nachmittag hatte
sie sehr angestrengt.

15.9.1973

Herby streikt

Türkisch gutt

Ein „Hotel"

Ganz im Gegensatz zu meinen vagen Vorstellungen durchfuhren wir keine flache Landschaft, sondern Berge. In Serpentinen wanden wir uns zu den deren Spitzen hinauf und wieder herunter. Manchmal fuhren wir parallel zur Küste und hatten wunderschöne Ausblicke auf das Ägäische Meer.

Uns trennten noch ungefähr 65 km von Izmir. Ich saß am Steuer. In einer lang gezogenen Rechtskurve bemerkte ich, dass der Wagen nicht mehr richtig durchzog, so, als ob er kein Benzin bekäme. Dann ging alles plötzlich. Der Motor verlor rapide an Leistung und wurde so schwach, dass ich vom vierten Gang herunterschalten musste. Sissi bemerkte noch nichts. Ich fuhr langsamer und ließ einen Lkw vorbei. Dann hielt ich.

„Warum hältst du?", fragte mich Sissi erstaunt.

Ich stieg aus und öffnete die Motorhaube.

„Gib mal Gas", bat ich Sissi.

Sie gab Gas. Da fing Herby an, laut zu knallen. Eine Kette von Fehlzündungen.

Wir mussten versuchen, die nächste Werkstatt zu erreichen. Wir mussten uns jetzt entscheiden. Fahren wir überhaupt weiter? Fahren wir zurück oder in Richtung Izmir? Nach der Karte war vor uns, außer Izmir, keine größere Stadt mehr. Aber würde der Wagen durchhalten?

„Lass uns versuchen, weiterzufahren. Wir stoßen bestimmt bald auf eine Tankstelle. Vielleicht ist eine Werkstatt dabei." machte ich den Vorschlag.

Wir versuchten es. Wir fuhren im dritten Gang, fast mit Vollgas mit 60 km/h. Bald stießen wir auf eine Tankstelle und fuhren sie knatternd und spotzend an. Der Tankwart sprach nur türkisch. Er hörte sich das Geräusch an und wurde nicht klug daraus. Ein Taxi fuhr vor. Es wurde aufgetankt. Aus dem Taxi stieg ein Mann und redete uns französisch an. Mit meinem Französisch war es nicht weit her, doch Sissi war groß darin. Nun rentierten sich ihre Kenntnisse. Nicht umsonst hatte sie in der Schweiz gelebt und war auch oft in Frankreich.

„Was haben Sie denn für Schwierigkeiten?", fragte der Mann. In kurzen Zügen erklärte Sissi, was wir beobachtet hatten.

„In Bergama gibt es eine Reparaturwerkstätte. Fahren Sie uns hinterher. Ich werde Sie dort hinbringen."

Glück im Unglück. Langsam tuckerten wir hinter dem Taxi her. Kurz vor der Stadt wurde es schwierig. Ein kleinerer Hügel machte uns so zu schaffen, dass wir ihn nur mit Mühe überwanden. Die Motorleistung war noch mehr abgefallen und pendelte sich auf 20 km/h ein.

Der Mann aus der Werkstatt kümmerte sich um unseren Wagen. Er konnte aber nichts finden. Während der Wartezeit wurden wir ausgiebig mit Tee versorgt. Der Werkstattmann gab auf. Wir mussten versuchen, Izmir zu erreichen. Dort gab es sogar eine VW-Werkstatt. Wir saßen wieder im Auto und verließen gerade die Werkstatt, als uns der Meister noch einmal zurückhielt. Wir mussten den Wagen zurückfahren. Er wollte noch etwas nachschauen.

Dann hatte er den Fehler gefunden. Zwei Ventilstößel waren aus den Pfannen gerutscht und wir führen eigentlich nur auf zwei Zylindern. Gewissenhaft prüfte er alles, justierte und fertig waren wir. Es war noch einmal glimpflich abgegangen. Der Wagen fuhr wieder. Ich hatte zwar das Gefühl, dass Herby nicht mehr der Alte war, aber das konnte täuschen.

„Türkisch gutt", sagte er noch stolz. Izmir kam. Ein reger Betrieb auf der Küstenstraße. Sehr viele junge Leute. Auch Frauen. Das war für uns in der Türkei ein bisher ungewohntes Bild. Die ersten Palmen glitten vorbei. Hier musste ein völlig anderer Menschenschlag leben. Viel moderner als anderorts in der Türkei.

Es sei denn, die Leute wären alle Touristen. Möglich wäre es.

Unser Ziel war Cesme. Von Cesme aus woll-ten wir morgen ein Fährboot nach Chios, der griechis-chen Insel nehmen. Von dort aus weiter nach Athen. Wir fuhren so lange es ging, bis zum Anbruch der Dunkelheit. Bei Güzelbáhce nahmen wir ein Motel.

„Haben Sie noch Zimmer frei?"

„Ja."

„Was kostet es?"

„Hier 100 Lira und im Motel 200 Lira".

„Zeigen Sie mir bitte das Zimmer für 100 Lira."

Er zeigte es mir. Das Licht war dunkel und auf den ersten Blick war es passabel. Ich war müde.

„Na, wie ist das Zimmer?", fragte Sissi.

„Es geht einigermaßen. Schaue es dir an."

„Wieso soll ich es mir anschauen? Ist es gut oder nicht?"

Mir war trotz meiner flüchtigen Inspektion nicht wohl in meiner Haut.

„Schaue es dir halt an, dann siehst du es", sagte ich gereizt.

Ebenso gereizt war die Reaktion von Sissi. Nun konnte Sissi es sich ja ansehen.

Schon beim ersten Blick war ihr klar, dass es ein miserables Zimmer war. Durch das trübe Licht wurde manches verdeckt.

„Wo ist die Toilette?", fragte Sissi den Herren, der mit uns gekommen war. Seine Sprachkenntnisse beschränkten sich auf das Minimale. Er verstand und zeigte uns einen abbruchreifen Raum. Es stank in dem Loch, ich kann es nicht beschreiben. Ein Wasserhahn war zur Stelle. Das dazugehörige Becken war abgeris-sen. Was sollte das?

Wollte man uns verulken? Ich hatte jetzt eine richtige Wut im Bauch.

Erst war ich auf das Zimmer hereingefallen und hatte dadurch Sissi verärgert. Das reichte an-scheinend bis jetzt nicht. Man bot uns zudem eine sanitäre Anlage an, die unbeschreiblich war. Dafür sollten wir auch noch 20 DM zahlen. Ich forderte ein anderes Zimmer. Der Herr zeigte uns ein anderes. Hier war ein Waschbecken vorhanden. Der Geruch blieb. Ich versuchte, den Wasserhahn aufzudrehen. Kein Wasser. Also, das war doch die Höhe. Ich hätte mich am liebsten vor Sissi verkrochen.

„Wo ist das Wasser?" fragte ich den Herrn ungehalten. Der zuckte mit den Schultern. Es gab kein Wasser. Man brachte uns Mineralwasserflaschen. Ich wäre am liebsten vor Sissi im Boden versunken.

Dann gingen wir ins Lokal, das zum „Hotel" gehörte, essen. Dort leisteten sich die Herren ein neues Bravourstück. Wie es hier üblich war, erhielten wir mit der Speiserechnung die Zimmerrechnung.

Man hatte alles zusammen auf diese Rechnung gesetzt. Und die üblichen 10 % für Bedienung dazugerechnet. Den Preis für das Zimmer inbegriffen. Ich musste mich stark zurückhalten, um nicht laut zu werden. Ich reklamierte. Man wollte nicht begreifen, was ich auszusetzen hatte. Der Chef wurde gerufen. Die Rechnung wurde zurückgenommen. Ich brauchte die Prozente für das Zimmer nicht zu zahlen.

Die Decken in unserem Zimmer wagten wir kaum anzufassen. Wir entfernten sie von unseren Betten samt allem Zubehör und holten unsere Decken aus dem Auto.

Nachdem wir das Licht gelöscht hatten, hörten wir das Gesumme von Mücken. Ich packte mich tiefer in die Decke. Dann begann es zu jucken. Die Biester hatten mich erwischt, nicht nur an einer Stelle. Ich hatte schon nach kurzer Zeit Stiche im Gesicht, an den Armen, an den Händen und Armen. Und immer wieder das elende Summen dieser Viecher. Das war zu viel. Ich stand auf, machte das Licht an und begann mit der Jagd. Es war natürlich nichts zu entdecken. Wäre das Licht nur heller. Dann sah ich eine Mücke an der Wand vor meinem Bett. Langsam erhob ich mich und schlug zu. Fort war sie. Nein, so konnte das nicht weitergehen.

Ich zog mich an und holte aus unserem Wagen unser Antimückenspray. Sissi war auch aufgestanden. Ich begann gründlich und systematisch den ganzen Raum einzunebeln, um sicherzugehen, dass keine Mücke davon kam. Dann setzten wir uns mit einer Flasche Wein schweigend auf den Balkon und ließen unsere Mückenwaffe im Zimmer wirken.

Der Balkon ging direkt zum Meer hinaus und die Wellen umspülten die Mauern. Was könnte das für ein schöner Platz sein, wenn er nur gepflegt würde? Nach dem Einsatz des Sprays war endgültig Ruhe. Der Rest der Nacht verlief ruhig ohne weitere Störungen.

16.9.1973

Die Fähre fährt ohne uns

Gegen Mittag erreichten wir Cesme. Nach den Auskünften, die wir in Istanbul erhielten, müsste um 16 Uhr die Fähre nach Chios ablegen. An der Buchungsstelle war große Aufregung. Wir kämpften uns zum Schalter vor. Wir wurden angehört.

„Bitte 2 Karten nach Chios", sage ich.

„Es ist nicht sicher, ob Sie heute mit der Fähre fahren können."

Wir kauften vorsichtshalber ein Ticket. Im Falle, dass die Fähre nicht geht, bekämen wir den vollen Betrag zurück. Gründe für diese Maß-nahmen wurden nicht mitgeteilt. Die Herren zuckten allesamt nur die Schultern. Wir fragten uns bei den Anwesenden durch.

Niemand wusste etwas Konkretes. Es liefen Gerüchte, dass in der Türkei eine Maul-und-Klau-enseuche ausgebrochen wäre. Angesichts dessen wären alle Grenzen nach Griechenland und Bulgarien gesperrt. Der Seeweg ebenfalls. Das würde heißen, dass wir hier festsitzen und nicht von der Stelle kommen. Aber wir wollten erst einmal diese Fähre abwarten.

Wir warteten mit etwa 100 anderen Tou-risten auf die Ankunft der Fähre. Sie lief gegen 16 Uhr ein. Gespannt verfolgten wir die Ausschiffung der Passagiere. Die Masse sammelte sich vor dem Zollgebäude und fieberte der Abfertigung entgegen. Aber nichts geschah.

Die Griechen unter uns wurden aufgerufen und durften das Schiff betreten. Das leuchtete natürlich niemanden ein. Wenn tatsächlich die Maul- und Klauenseuche herrschte, würde sie auch vor den Griechen nicht haltmachen. Ein griechischer Konsul war anwesend und überwachte die Einschiffung. Tickets der zurückbleibenden Passagiere wurden ihm entgegengehalten. Keine Reaktion.

Einige Passagiere traf diese Aktion besonders hart. Sie hatten schon von Athen aus für den nächsten Tag eine Reise nach Italien gebucht und konnten diesen Termin nicht mehr einhalten und verloren sowohl das Geld als auch den Anspruch, ein anderes Schiff zu benutzen. Das Schiff legte ohne uns ab. Wir eilten zur Buchungsstelle und ließen uns das Geld zurückgeben.

„Besteht Hoffnung, dass morgen ein Boot fährt?"

Achselzucken. „May be tomorrow, may be the day after tomorrow", war die Antwort. In hartem Englisch.

„Was machen wir dann, Ferfi?", fragte mich Sissi ratlos.

„Wir bleiben noch zwei Tage hier. Fährt das Boot dann weiterhin nicht, bleibt uns nur der Rückzug über Bulgarien."

„Aber nach Bulgarien kommen wir doch auch nicht hinein."

„Stimmt. Dann können wir unseren Urlaub gleich hier verbringen."

Wir hatten die Hoffnung aber weiterhin nicht ganz aufgegeben. Würde sich aber nicht innerhalb der nächsten 2 Tage etwas ereignen, brauchten wir gar nicht mehr zu fahren. Die Zeit, die uns noch zur Verfügung stand, wäre viel zu knapp bemessen gewesen. Wir suchten uns einen Campingplatz. Ungefähr 6 km außerhalb von Cesme fanden wir das „Vecamp". Man war hier schon in Aufbruch-stimmung. Das Restaurant wurde abtransportiert. Wir konnten aber noch ein paar Tage bleiben. Ein schöner Platz. Terrassen führen bis zum Meer herunter. Eine kleine seichte Bucht war wie geschaffen zum Baden. Nur der Liege-strand war sehr klein und diente ausschließlich zum Sonnen.

Man hatte keine große Bewegungsfreiheit. Das Gelände war aber wunderschön. Kleine Palmen und andere Sträucher standen auf jeder Terrasse. Wir teilten uns den Platz mit einem Paar aus Berlin. Die beiden gaben uns gleich gute Ratschläge.

„Trinkt das Wasser hier auf keinen Fall. Benutzt es nicht einmal zum Zähneputzen. Da könnt ihr euch einen Durchfall holen,
dass euch Hören und Sehen vergeht."

Wir dankten für den Rat und kauften gleich in der Stadt eine große Wasserflasche. Unsere Gasflasche war auch schon lange leer. Hier gab es große Flaschen, die an unsere GAS-Ausrüstung passten.

Dann war ja für alles gesorgt. Etwas später kamen neue Gäste. Es war ein Paar. Wir hatten sie schon am Fährhafen gesprochen und hatten gleich ein Gesprächsthema.

17.9.1973

Keine Fähre

Schon wieder die Ventile

Der seltsame Platzwärter

Am Vormittag fuhr ich in die Stadt, um die Lage zu klären. Die Fähre würde auch heute aller Wahrscheinlichkeit nach nicht fahren, erklärte man mir. Doch Konkretes konnte man nicht sagen. Dann würde es heute mit unserer Fähre wieder nichts. Ich kaufte eine Süddeutsche Zeitung. Vielleicht hatte man das Thema mit der Maul- und Klauenseuche aufgegriffen.

Und tatsächlich stand ein kleiner Artikel darüber auf der ersten Seite. Es wurde geäußert, dass ein Übergreifen der Seuche auf andere Länder nicht für wahrscheinlich gehalten wird. Die Viren sterben nach kurzer Zeit ab. Ein Einschleppen per Flugzeug wäre auch nicht oder so gut wie nicht möglich. Warum macht man dann einen solchen Aufstand? Jemand hatte gestern geäußert:
„Die Griechen wollen den Türken nur eins auswischen, den Bulgaren auch.

Auf dem Heimweg passierte es dann wieder. Es puffte und knallte und der liebe VW sackte in der Leistung ab, er gab wieder den Geist auf. Langsam schlich er nach Hause.

Ich hatte gestern genau aufgepasst. Das würde mir heute vielleicht helfen, den Wagen wieder flottzubekommen. Vorausgesetzt, es handelt sich um den gleichen Defekt.

Ich sah mir die Ventile an. Da war ich machtlos. Ein Bolzen, der die Ventilklappen am Zylinderkopf hielt, war herausgebrochen. Ein Teil steckte im Zylinderkopf, den anderen Teil hielt in in der Hand. Ich baute die ganze Ventilseite aus. Was könnte man da noch machen? In Cesme gab es keine Werkstatt und Izmir war 80 km weg.

Aber den Rest des Nachmittags wollten wir damit verbringen, der Welt ihre schönste Seite abzugewinnen. Wir gingen an den Strand. Ich nahm die Gitarre mit und unterhielt die häkelnde Sissi mit Musik und Gesang. Den Platzwärter mussten diese Klänge magisch angezogen haben. Er erschien, lächelte in sich hinein und uns ins Gesicht. Er verschwand wieder und kam mit zwei Stühlen und zwei Flaschen Bier zurück. E bot uns das Bier an und lauschte weiter den Klängen, die ich meinem Instrument entlockte. Es hatte den Anschein, dass der Herr länger bleiben wollte. Ich spielte, so schlecht ich konnte.

Das gefiel ihm. Sein Lachen wurde breiter und froher denn je.

Ich hörte ganz mit dem Spielen auf. Er begann den Versuch einer Zeichensprache. Er führte die Hände an den Mund, prustete und führte die Hände vom Mund fort in die Luft. Beim besten Willen konnte ich es nicht entziffern, was er damit meinte. Dann legte er die Hände zusammen und legte sie an sein Ohr und machte ein eindeutiges Zeichen. Schlafen. Ah, vielleicht wollte er wissen, wie lange wir noch bleiben. Da er kein Wort einer Fremdsprache kannte, holte ich mein Notizbuch und einen Schreiber. Ich malte die Daten unseres Aufenthalts, des heutigen Datums und vergewisserte mich, ob er verstand. Er nickte zustimmend und lachte breit. Er lachte nie laut. Es war immer ein stummes Lachen.

Ich machte weiter und malte ein Auto und strich es durch. Mit den Worten "kaputt, kaputt!" brachte ich ihm meine Aussage näher.

Er nickte erfreut. Da sich dadurch unser Aufenthalt unweigerlich verlängerte, schrieb ich das Datum, von welchem ich dachte, dass es unser letzter Tag auf dem „Vecamp" wäre. Er nickte. Anscheinend hatte er alles verstanden. Dann sagte er:„Sen baradave kamda kac gün kaliceks in"

Ich verstand kein Wort. Wäre ja auch komisch gewesen. Ich hatte eine Idee. Ich reichte ihm den Schreiber und das Notizbuch, deutete auf meine Zeichensprache. Er nickte und lachte. Dann schrieb er mir auf, was er gesagt hatte. Ich nahm das Buch zurück, das er mir lachenderweise gab, und staunte. Da hatte mir dieser schlaue Kerl in

Buchstaben, was er gesagt hatte. Daher auch die komischen Worte. Als ich nicht verstand, nahm er mir abermals das Buch aus der Hand und schrieb folgende Zeilen: „denizli pamuk käle, adires denizli pamukkala". So stand es geschrieben. Ich bedankte mich für seine Information. Dann legte ich mich in die Sonne.

Ich musste einmal kurz auf die Toilette und ließ Sissi mit ihm allein. Als ich zurückkam, lachten beide.
„Weißt du, was der mir gerade angeboten hat?" sprach Sissi mit bezauberndem Lächeln.
„Er hat wieder das Schlafzeichen gemacht und deutete auf mich und sich."

„Hast du das auch nicht missverstanden?",
fragte ich nach und lächelte ebenfalls.„Und, was hast du gesagt?"
„Ich habe mit dem Kopf geschüttelt und ihm klargemacht, dass wir beide schon schlafen.

Dann zeigte er nicht auf das Zelt, sondern auf seine Wohnung. Das ist ein ganz Gewitzter, das kann ich dir sagen."

„Dann weiß er also, dass daraus nichts wird." lächelte ich dem sauberen Herrn ins Gesicht.

18.9.1973
Mit 2 Zylindern Richtung Izmir
Lkw-Taxi
Bus fährt für 2,50 DM 80 km

Man möge mir verzeihen, wenn ich un-serem Herby nun zu viel zumute. Aber die einzige Chance, den Wagen wieder flottzubekommen, lag darin, Izmir zu erreichen. Und so hatte ich es geplant: Um den Wagen nicht zu sehr zu belasten, soweit es in diesem Rahmen überhaupt möglich war, wollten wir alle 10 km einen Stopp einlegen. Dabei wurde der Ölstand überprüft, um dem Wagen Zeit zu lassen, etwas abzukühlen.

Ob diese Maßnahmen ausreichend waren, entzieht sich meiner Kenntnis.

Trotzdem begannen wir heute morgen unser Glück zu versuchen. Aber schon nach 15 km verließ uns das Glück. Der Motor verlor noch mehr an Leistung. Um Kolbenfresser oder Ähnliches zu vermeiden, blieben wir stehen, wo wir waren. Mitten in der Wüste. Um uns herum nur Hügel und Landschaft. Sonst nichts.

„Was machen wir jetzt?", fragte mich Sissi hilflos.

„Unsere einzige Chance besteht jetzt noch darin, dass uns jemand abschleppt. Entweder zurück oder nach Izmir. Wir stellen das Warndreieck auf und warten auf ein Fahrzeug."

Bald kam auch schon ein Pkw. Er hielt an. Der Herr sprach Französisch und konnte uns leider nicht weiterhelfen. Ein Lkw näherte sich. Er hielt. Ein Mann sprang aus dem Wagen und eilte auf uns zu. Bedauerlicherweise sprach er nur türkisch. Im Gegensatz zu unserem Platzwärter verstand er es aber ausgezeichnet, sich mit uns zu verständigen.

Er deutete auf die Ladefläche seines Lkw. Aber wie wollte er das Auto da hinauf be-kommen? Nun, das wollte er schon machen. Er betrachtete die Straße und die Böschung. Dann hatte er es. Er wollte mit seinem Lkw von der Straße herunter an die Böschung heran-fahren.

Ein Bus näherte sich. Der Fahrer winkte, und der Bus hielt an. Die beiden wechselten ein paar Worte. Der Fahrer stieg aus und kam zu uns.

"Guten Tag, der Herr möchte ihnen helfen."

Er sprach ein einwandfreies Deutsch. Wir konnten nur staunen. Er erklärte uns genau, was der Mann machen wollte.

„Ja, gut. Angenommen er bekommt uns auf die Ladefläche. Wie bekommt er uns wieder runter?"

Der Fahrer übersetzte meine Zweifel und wandte sich wieder an mich:

„Das lassen Sie nur seine Sorge sein. Er regelt das schon. Nu müssen sie sich mit ihm über eine Vergütung einigen. Er verlangt 300 Lira."

Wir staunten. Ich rechnete schnell und kam auf die Summe von 60 DM. Das mag für eine solche Strecke für unsere Maßstäbe in Deutschland wenig sein. Wir aber mussten an unser Geld denken, und man vergesse bitte auch nicht die türkischen Preise.

„Sagen Sie ihm, dass das für uns viel zu viel Geld ist. Wir sind Studenten und haben nur wenig Geld."

Eine kurze Diskussion.

„250 Lira ist sein letztes Wort."

Was sollten wir machen? Wir willigten ein. Besser für 50 DM in Izmir als mit defektem Auto eine Nacht in der Wildnis. Wir bedanken uns für die Hilfe des Busfahrers. Den Rest übernahm nun wieder der Lkw-Fahrer.

Er fuhr mit seinem Lkw auf das unweg-same Gelände neben der Straße. Sein Gehilfe lotste ihn mit viel Geschrei mit der Ladefläche an den Straßenrand. Mit vereinten Kräften schoben die beiden den Wagen auf die Ladefläche. Ich saß am Lenkrad. Dann wurde der Wagen so gut es ging mit langen Seilen verzurrt. Wir nahmen neben dem Fahrer Platz und abging die Fahrt. Der Kollege saß auf der Ladefläche und passte auf Herby auf.

Ohne Zwischenfall erreichten wir Izmir. Der Lkw steuerte eine Tankstelle an. Ich sah schon von Weitem eine Rampe. Sie schien extra für solche Zwecke konstruiert zu sein. Der Fahrer schwang sich aus dem Fahrzeug und redete mit den Leuten an der Tankstelle.

Sollten sie wieder Schwierigkeiten erge-ben? Keine, die man nicht mit Geld beheben könnte. Sie verlangen 25 Lira von uns. Wir mussten in den sauren Apfel beißen. Nun stand Herby wieder mit allen Vieren auf dem Boden. Doch, wo war die Werkstatt? Auch das wurde geregelt. Wir wurden an den Lkw gebunden und von ihm zur VW-Service-Station gebracht.

Was wir dort hören mussten, erfreute uns nicht. Der Bolzen konnte von der Werkstatt nicht aus dem Zylinderkopf geholt werden.-

Er musste zu einem Spezialisten gebracht werden. Und die Kosten? Es gab zwei Möglichkeiten. Entweder der Bolzen konnte herausgeholt werden, dann kostete der Spaß in etwa 400 Lira, umgerechnet 80 DM, oder es musste der Zylinderkopf ausgewechselt werden, dann kostete es 1000 Lira. Aber heute würde der Wagen auf keinen Fall wieder fertig. Wir wurden für morgen Mittag bestellt. Das hieß, wir mussten mit einem Bus zurückfahren. Der Leiter der „Reparatur-anstalt" erklärte mir genau, wohin wir gehen mussten.

Wenig später saßen wir, wie die Ölsardinen eingequetscht, in einem Minibus. Für 12,50 Lira fuhren wir nach Cesme zurück. Ein Fahrpreis, bei dem jedem Fahrverbund in Deutschland die Augen übergehen würden. 80 km für 2,50 DM.

Im Bus saß ein Herr, der umständlich mit einem Gewehr herumfuchtelte.

„Do you speak Englisch?", fragte er.

Ich sprach. Doch ich merkte bald, dass diese von ihm in Englisch gesprochenen Worte die Einzigen waren, die er überhaupt konnte.

Und so unterhielt er sich mit Händen und Füßen. Er war unterwegs, um an einer Jagd teil-zunehmen. Er, sein Freund und ein Mann aus Italien würden morgen früh um 7 Uhr mit einer Jagd beginnen. Sie wollten Wildschweine schießen. Hier sollte es, laut Touristenprospekt, tatsächlich welche geben. Er gab zu verstehen, dass er kein Schweinefleisch isst. Er bevorzugte mehr Vögel und Hasen.

19.9.1973

Bonner Touristen
Auf dem Konsulat
Wie die Teufel...

Als wir gestern Abend mit einem Taxi, es kostete 30 Lira, wieder zu Hause ankamen, machten wir es uns bequem. Ich holte meine Gitarre raus und dudelte vor mich hin. Eine Terrasse tiefer bemerkte ich Bewegungen. Es schienen neue Touristen angekommen zu sein. In der Tat.

Da unten dudelte auch jemand auf einer Klavierflöte. Er schien seinerseits durch meine Dudelei angezogen zu werden und erschien bald mit seinem Instrument vor unserem Zelt. Und schon hatten wir das lieblichste Duett auf Gottes Boden. Wir improvisierten, was das Zeug hielt, und wir improvisierten gut. Das hatte uns sehr viel Spaß gemacht, gestern Abend.

So kam es, dass wir uns mit der ganzen Gruppe anfreundeten. Die Gruppe bestand aus 5 Personen. Vier Männer und eine Frau. Sie waren bis auf die Zähne mit allem gerüstet, was man zu Urlaubsfreuden braucht. Gewissermaßen ein Zweckverband. Alle taten das Ihrige dazu, um den Urlaub zu gestalten.

Vorhanden waren: ein Schlauchboot mit Motor, Segelzusatz, Wasserski, Tauchgeräte, Unterwasserkamera, Surfbrett.

Wir erzählten auch von unserem Pech mit Herby. Der Zufall wollte es, dass zwei von ihnen heute nach Izmir fuhren. Einer musste zum Konsulat. Er hatte sich von einer Katze beißen lassen. Nun wollte er zu einem Arzt, um sicherzugehen, dass keine Infektion entsteht, und um durch eine Impfung einem Wundstarrkrampf vorzubeugen.

Sie nahmen uns mit nach Izmir. Der Spezialist hatte es geschafft, den Bolzen zu entfernen. Die Rechnung haute uns dennoch um. 500 Lira gleich 100 DM. Wir schlenderten noch über den Basar. Er gefiel mir besser als der in Istanbul.

Hier wurde nicht um Lira gefeilscht, und die Menschen schienen ausgeglichener. Niemand rempelte einen an, dieses oder jenes anzuschauen. Ich kaufte eine Wasserpfeife für 110 Lira, ungefähr 22 DM. Der Preis war annehmbar. Doch auch hier musste man vorsichtig sein. Ich entdeckte später die fast gleiche Pfeife, 40 Lira billiger. Billig war sie trotzdem noch.

20.9.1973

Steilküste vor dem Haus

Seeigel

Unsere Freunde aus Bonn liehen mir für den heutigen Tag eine Schnorchelausrüstung. Die Rückseite der Landzunge, die unsere Bucht vom offenen Meer trennte, besaß eine Steilküste. Es war schwer für uns, mit dem Auto einen Weg zu finden. Wir fanden unseren Weg. Ein kleines Plateau war wie geschaffen für uns.

Wir hatten genügend Platz, um unsere Siebensachen hinzulegen und saßen zudem gleich vor dem Meer. In der Ferne sah man meistens im Nebel versunken die griechische Insel Chios. Schon lange hatten wir unsere Hoffnung aufgegeben, sie zu besuchen. Wir wollten hier unseren Urlaub verbringen. Der Platz gefiel uns zudem außerordentlich gut.

Als Landratte hatte ich nicht viel Erfahrung mit dem Meer. Einen Schnorchel hatte ich nur einmal in einer Badeanstalt als Kind getragen. Es fiel mir aber nicht schwer, zu schnorcheln. Etwas anderes macht mir mehr Sorgen. Die vielen Seeigel. Ich hatte die Dinger noch nie vorher gesehen.

Daher wusste ich auch nichts über ihre Beschaffenheit. Stachen die Stacheln oder waren sie weich? Ich vermied es peinlichst, auf einen zu treten. Trotzdem schwebte ich in dem zwei Meter flachen Wasser über Hunderten von ihnen.

Man hätte nicht durch das Wasser gehen können. So suchte ich mir eine Stelle aus, legte mich flach auf den Bauch und schwamm, nur die Flossen bewegend, in tiefere Gewässer. Was ich sah, war fantastisch. So etwas kannte ich nur aus Filmen. Hier hatte ich es in Farbe. Mit Moos bewachsene steile Wände endeten ein paar Meter tiefer auf dem Sandboden. Kleine und große Fische schwammen an mir vorüber und schienen sich nicht an mir zu stören. Ich untersuchte die Wände. Auch hier hatten sich die Seeigel eingenistet. Gab es hier denn nur Seeigel? Dann machte die Wand plötzlich einen Knick.

Vor mir lag eine kleine Unterwasserbucht. Die Wände gingen nach innen zurück, und ich blickte in ein tiefes schwarzes Loch. Eine kleine Unterwasserhöhle. Ich tauchte natürlich nicht hinein.

Ohne Begleitung ist so etwas immer eine riskante Angelegenheit. Je tiefer das Wasser wurde, umso mehr nahm die blaue Farbe an Intensität zu. So sah es von hier oben aus. Ich klebte mit meinem Schnorchel an der Oberfläche fest.

21.9.1973

Strand hinter Cesme

Lausbuben beobachten uns

Essen a la Beutel

Ich hatte den Bonnern von meiner Tauchbegeisterung erzählt und auch von den vielen Seeigeln.

„Ja, da pass man auf, dass du da nicht mal in einen hineintrittst", warnte mich Uwe. „Das schmerzt teuflisch. Die Stacheln sind zerbrechlich und haben Widerhaken. Wenn du in so ein Ding hereintrittst, bekommst du sie kaum mehr heraus. Dann entzündet sich der Fuß, oder die Stacheln müssen operativ entfernt werden."

Nachträglich wurde mir schlecht, wenn ich daran dachte, wie unbeschwert ich durch ihre Reihen gegangen und geschwommen war. Mir war nichts passiert. Doch einmal wäre es beinahe so weit gewesen. Ich hatte beim Anlandgehen den Schnorchel im Wasser verloren. Ich ging suchen und um nicht einen Igel zu treten, so vorsichtig war ich schon, zog ich mir die Gummipantoffeln an und ging ins Wasser zurück. Was ich nicht bedacht hatte, war, dass die Gummischuhe vom Wasser glitschig wurden und ich immer wieder herausrutschte.

Zudem saugten sich die Sohlen im Sand fest.
Dann rutschte ich aus, fand im Wanken einen
seeigelfreien Platz am Boden, und Sissi half mir,
an Land zu kommen. Wenn ich das nachträglich
überdenke …

Zum Abendessen machten wir das von Sissi
so getaufte Gericht:

„À la Beutel" Hier das unvergessliche
himmlisch schmeckende Rezept: 1 Pfund
(0,45 kg) Hackfleisch oder kleine Rindfleisch-
stückchen

3 Zwiebeln

Knoblauchknolle

2. Auberginen

2 Paprikaschoten Reis

eine Zwiebel wird klein geschnitten, im
Topf anbraten. Dazu werden Reis und Salz
hinzugefügt. Das Fleisch wird mit Knoblauch
eingerieben. Beim Hackfleisch wird etwas unter
das Fleisch gemischt. Die restlichen Zwiebeln
werden geviertelt. Die Paprikaschoten klein
geschnitten, die Auberginen in Scheiben geschnitten, Knoblauch hinzugefügt und nach
Belieben mit Pfeffer, Salz und anderen Gewürzen
gemischt.

Reis, Fleisch und Gemüse werden getrennt zubereitet und serviert. Jeder kann dann nehmen, soviel und was er will. Die andere Variante ist: Man bereitet Fleisch und Gemüse getrennt. Dann wird alles zusammen gemixt. Dadurch erhält die Soße einen ganz besonders feinen Geschmack.

Nun noch einen kleinen Blick auf den Nachmittag. Wir waren heute auf großer Fahrt. Wir wollten uns einen Sandstrand suchen. Für mich war die Steilküste ein gutes Revier. Doch Sissi wollte nicht tauchen und wollte wegen der Seeigel nicht ins Wasser. So suchten wir eine Stelle, wo ein Sandstrand und eine Steilküste war.

Bei Cesme fanden wir hinter den Hügeln eine gute Badestelle. Gleich rüstete ich mich zum Schnorcheln. Aber hier war nichts, nur Sand. Ich gab die Suche auf. Wir entblätterten uns. Doch unsere ungestörte Bade- und Sonnenfreude wurde bald durch einen Haufen Jungen gestört. Als sie vorüber waren, war es auf einmal wieder still, zu still.

Aha. Die Lausbuben lagen hinter den Hügeln und warteten nur darauf, dass wir uns, entgegen den Landesgewohnheiten, entblätterten. Sie wichen nicht mehr. So mussten wir weichen.

Wir fanden eine andere Stelle. Es war eine kleine Bucht, in der eine Jacht aus London vor Anker lag.

22.9.1973

Wasserski

Schon vor Tagen hatte uns Uwe gesagt." Ihr wisst ja wohl, dass ihr am Wasserskifahren nicht herumkommt. Wir taten nichts lieber als Wasserskifahren. Das heißt, wir hatten noch nie auf den Brettern gestanden, aber unsere Neugier war riesig und wir konnten es kaum abwarten.

Heute war es so weit. Ich ließ Sissi den Vortritt. Wie heißt es so schön? Ladys first! Wir bekamen eine Taucherweste, die auch ausgezeichnet über Wasser trug. Dadurch wurde der Start aus dem Wasser bedeutend einfacher. Kurz erklärten uns Uwe und Beutel die Technik. Nun waren alle sehr gespannt, ob Sissi aus dem Wasser kommt oder nicht.

Sie hatte einen Fehlversuch. Dann stand sie. Zwar nicht gut, aber sie stand. Das war die Hauptsache. Als sie an uns vorbei brauste hatte sie sogar Zeit zum Lächeln. Wenn es aus der Bucht heraus ging, wurde der Wellengang bedeutend höher und es wurde sehr schwierig, sich auf den Beinen zu halten. Dazu kommt die ungeheure Kraftanstrengung, da wir noch sehr verkrampft auf den Brettern standen. Ich kam gleich beim ersten Mal zum Stehen und hielt mich tapfer auf den Brettern. Wenn ich auch keine gute Figur dabei machte.

Nach ein paar Runden verließ mich ebenfalls die Kraft und sauste an der gleichen Stelle wie Sissi vorher ins Was-ser. Strahlend und triefend kam ich wieder aus dem Wasser.

„Wir haben uns gedacht, jetzt, jetzt fällt er. Aber du bist nicht gefallen."

Meine Figur war wohl so gewesen, dass sie das denken mussten. Das Wasserskifahren hatte mich doch ganz schön angestrengt. Meine Oberschenkel waren verkrampft, sodass ich mich am nächsten Tag nicht richtig bewegen konnte. Aber es hatte riesig Spaß gemacht.

Uwe hatte heute Geburtstag und wir beschlossen ein Grillfest einzulegen. In Istanbul hatten wir Spieße gekauft und wir bereiteten auf unserem Grill ein Schaschlik, das sich sehen lassen konnte.

23.- 24. 9. 1973

Einsame Buchen

Eine Reifenpanne

Diese beiden Tage vergingen glücklich und zufrieden. Wir hatten uns wieder Buchten zum Baden gesucht. Sie lagen einsam an der Südküste unserer Halbinsel. Feiner weißer Sand lud nur so zum Baden und Sonnen ein. Ein leichter Wind ging und ließ die

Saiten meiner Gitarre von selbst ertö-nen. Sie klangen lange und anhaltend. Der Ton schwoll mit zunehmendem Wind und er-starb, wenn er zu schwach wurde, sie weiter in Schwingung zu versetzen. Der Ton ist kaum zu erklären. Er schien überirdisch zu sein und passte in die Einsamkeit dieser Landschaft. Wir mussten gebannt zuhören.

Unser Auto war nicht ganz in Ordnung. Ich hatte es vermutet. Wenn ich die einzelnen Gänge ausfuhr, dann drosselte der Motor, wenn ich höhere Umdrehungszahlen erreich-te. Beutel war ein Spezialist bezüglich Autos. Wir sahen uns die Zündung an, stellten sie ein und justierten noch einmal die Ventile. Es half alles nicht. Auf unserer Rückfahrt wollten wir noch einmal bei der VW-Werkstatt vorbeifahren.

Wir mussten wohl zurück. An eine Öffnung der Grenzen war nicht mehr zu denken. Dazu war es schon viel zu spät. Uns blieb nur noch der Weg über Bulgarien.

Uwe hatte uns alle zum Essen eingeladen. Wir setzten uns in die Autos und fuhren in Richtung Cesme. Wir hatten eine Strecke von ungefähr 2 km auf einer holprigen Straße zurückzulegen. Die Qualität der Straße schlug sogar die der russischen Strecken. Ich war nicht weit gekommen, als ich merkte, dass der Wagen nach rechts zog. Das konnte nur an den Reifen liegen. Das hatte uns noch gefehlt. Wir hatten eine Reifenpanne. Und das in der Dunkelheit.

Mit vereinten Kräften hatten wir den Schaden bald behoben. Eine kleine Erschwernis bei der Reparatur stand uns noch bevor. Die Schrauben des Rades waren so fest angezogen, dass eine Person auf den Kreuzschlüssel springen musste und eine andere Person dagegenhielt. Dabei riss ich mir noch ein anständiges Stück Fleisch aus der Handfläche. Ich war bedient. Der Rest war eine Kleinigkeit.

Der Abend verlief recht gesellig und wir lachten über die Handelskünste von Uwe und Beutel. Sie hatten Fisch bestellt und den Kilopreis von 200 auf 80 Lira heruntergehandelt.

Der Verkäufer war zwar ungehalten und verwies an die Konkurrenz, gab sich dann aber geschlagen.

Am Abend des nächsten Tages luden uns die Herrschaften aus Bonn zum Essen ein. Uwe, der immer ein lustiges Wort übrig hatte, machte sich über die Kochkunst der anderen lustig.

„Ja, was ist denn das? Ihr kocht ja wie die Teufel."

„Wie die Teufel" war sein Lieblings-schlagwort. Bei jeder passenden, mehr noch unpassenden Gelegenheit ließ er seinen Teu-fel los. Reiner, Uwe und ich unterhielten die kochwütige Bande mit Musik. Uwe spielte, wie der Teufel, auf einer Mandoline, Rainer auf seiner Klavierflöte, und ich spielte meine Gitarre. Reiner kramte in seinem Jazz-Repertoire und holte alte Schnulzen wieder ans Tageslicht, und Uwe und ich stimmten mit unse-ren Zupfinstrumenten, wie die Teufel, in die Melodie mit ein. Es war ein wahres

musikalisches und später auch kulinari-sches Fest. Dafür sorgte Beutel. Beutel war sein Spitzname, er war etwas dicklich und liebte das Essen. Er machte ein Festessen.

Gegen 2 Uhr fühlte sich unser Wärter gestört und kam mit langem Nachtgewand auf uns zu.

Er sah aus „wie der Teufel". Dann machte er die eindeutige Bewegung. Er hatte vor, heute Nacht zu schlafen. Und so tolerierten wir seinen Wunsch und stellten die In-strumente abseits und redeten nur noch „wie die Teufel" versteht sich.

25. - 26.9.1973

Hol ab die Fahne

Je näher das Ende unseres Urlaubs kam, umso besser verstand ich mich mit Sissi. Den letzten Abend hier verbrachten wir mit unseren Bonner Freunden.

Ich filmte den Sonnenuntergang, und eine Delegation aus Bonn hatte sich an der Fah-nenstange versammelt und wartete darauf, dass die Sonne hinter der Insel verschwand. Die Fahnenstange trug das Banner des Platzes. Eine Fanfare ertönte, Uwe blies das Horn, das Kommando „Holt ab die Fahne" erklang und man begann feierlich die Fahne einzurollen. Der letzte Abend für uns war an-gebrochen.

Wir tranken und scherzten. Die Bonner würden noch ein paar Tage bleiben und einige Expeditionen unternehmen. Sie wollten mit ihrem Boot zu weiter entfern-ten Inseln tauchen und dort tauchen. Wir mussten fort. Ein schöner Urlaub in der Türkei klang aus.

Zurück blieb die Sorge um unser Auto. Würde es die Rückfahrt überstehen?

27.9.1973
Auf Wiedersehen Uwe
Kamele und Zigeuner
Herby, lass uns nicht in Stich

Mit gemischten Gefühlen nahmen wir Abschied von Uwe und hofften das Beste für Herby. Es muss einfach halten. Wir winkten noch einmal zu Uwe rüber. Er stand da und blickte uns lange nach. Er hatte uns gut gefal-len. Er war ein Mensch mit sehr vielen Gefühlen, die er unter seiner Heiterkeit verbarg. Ich glaube, dass er uns auch lieb gewonnen hatte.

In Izmir hielten wir bei der VW-Werkstatt und ließen uns vorsichtshalber einen neuen Kontakt in den Zündverteiler einbauen.

Nun ging es die gleiche Strecke zurück, auf die wir gekommen waren. Nur führte uns der Weg nicht nach Istanbul zurück, sondern nach Edirne. Ohne Schwierigkeiten erreichten wir wieder den europäischen Teil der Türkei. Ungefähr 65 km vor Keshan war es dann wieder so weit. Der Wagen versagte wieder. Es wurde schon dunkel. Der Wagen verlor an Leistung und knallte wieder. Was hat-ten denn die Leute da herum repariert, wenn er alle zwei Minuten zusammenbrach?

„Die haben den Wagen immer wieder repariert, ohne die Ursache der Störung zu beseitigen", beklagte sich Sissi.

„Ich schaue mir noch einmal die Ventile an: Leuchte mir bitte."

An den Ventilen war äußerlich alles in Ordnung. Ich konnte nichts entdecken.

„Das Einzige, was uns übrig bleibt, ist, die nächste Stadt zu erreichen. Zumindest ein Hotel für die Nacht finden."

Wir standen wieder einmal mitten in der Landschaft. Weit und breit kein Haus. Ein Glück war, dass der Wagen überhaupt noch lief. Mit 50 km/h quälten wir uns weiter.

Unterwegs dachte ich an den Nachmittag zurück. Wir hatten unsere erste Kamele gesehen und gefilmt. Es würden wohl auch unsere letzten Kamele sein, die wir zu sehen bekommen. Wir hatten angehalten und unsere Kamera gezückt. Da kamen Zigeunerkinder auf uns zugelaufen. Sie gaben uns zu verstehen, dass wir nur filmen durften, wenn wir ihnen Zigaretten gaben. Hätten wir welche gehabt, dann würden sie auch welche bekommen haben. Ja, dann was anderes, z.B. Kaugummi. Wir öffneten das Handschuhfach und kramten in unserer Kaugummidose. Da riss uns ein frecher Kerle die Dose einfach aus der Hand und wühlte darin herum. Da kam die Polizei und die Jungen machten sich samt unserer Dose aus dem Staub.

Dank der Polizei kamen wir dann zum Filmen. Wir erreichten glücklich Keshan. Hoffentlich gab es hier eine Werkstatt. Schilder führten uns zu einem Hotel. Es befand sich noch in Bau. Das hatte den Vorteil, dass es sauber war. Die Möbel waren neu und auch der Preis war mehr als annehmbar, mit 30 Lira gleich 6 DM.

Dafür hatten wir eine Dusche, WC und ein Doppelzimmer. Wir setzten uns gleich mit der Administration in Verbindung. Sie mussten uns eine Werkstatt besorgen.

Das wurde auch organisiert. Am Morgen würde uns jemand zur Werkstatt führen. Die Stadt gefiel mir. Sie war klein, aber sehr belebt. Aus dem Haus gegenüber erklang laut türkische Musik …

28.9.1973

Der große Spezialist
Die geschenkte Flöte
Wollen Sie noch einen Tee?

Die Hoffnung, dass wir heute aus Keshan fort-
kommen, zerschlug sich in der Werkstatt. Der Herr begann
unsere ganze Maschine auseinander zu nehmen. Er ging
noch weiter, als die Herren in Izmir.

Er nahm den Zylinderkopf auseinander, soweit es
eben ging. Er schien den Fehler aber zu finden. Sissi und
ich machten es uns in der Werkstatt bequem. Ein kleiner
Junge brachte uns unablässig Tee. Als der Spezialist die
Lage überschauen konnte, teilte er uns mit, wann die
Maschine fertig sein würde. Nach seinen Schätzungen
würde es 22 Uhr.

Wir konnten es gar nicht glauben. Es stimmte
aber. Ein junger Mann mit einigen Englischkenntnissen
führte mich in das Geschäft seines Vaters. Er zeigte mir
was er machte und auch, was sein Vater machte. Aus einer
Ecke holte er ein Flöte hervor. Flöten interessieren mich
sehr. In Istanbul hatte ich mir eine 60 cm lange Flöte
gekauft. Diese hier sah aus wie eine Blockflöte, ein wenig
orientalischer.

Er zeigte mir die Technik, mit der man die türkische Musik macht. Da ich einen so großen Gefallen an der Flöte fand, schenkte er sie mir.

Am Nachmittag gingen wir zu einem Nachmittagsschlaf ins Zimmer zurück. Gegen 18 Uhr klopfte es an der Tür. Das Auto war fertig. Das war eine riesengroße Überraschung und ich ging gleich zur Werkstatt. Ich überzeugte mich bei einer Probefahrt, dass der Wagen wieder in Ordnung war. Dann präsentierte uns der Herr die Rechnung. 500 Lira.

Ich musste mich setzen. Ich musste zwar über alle Maßen, die Fertigkeit des Meisters bewundern, aber der Preis haute mich um. Ich versuchte zu handeln. Kein Erfolg. Ich biss in den sauren Apfel. Jetzt hatte uns das Auto über 11.500 Lira gekostet, das sind 300 DM. Zudem befanden wir uns noch in der unangenehmen Lage, nicht reklamieren zu können. Würde der Wagen wieder streiken, waren wir schon sehr weit fort von hier.

Alle guten Dinge sind drei. Der Motor war zum dritten Mal auseinander genommen worden. Das sollte langsam reichen. Oder sie reparierten uns das Auto kaputt.Ich suchte im Radio einen Musiksender. „Halt, was war das eben? Geh nochmal zurück," bat mich Sissi. Ich suchte den Sender. Es erklang von Smetana der „Zyklus Moldau"

29.9. - 30. 9.1973

Der Konvoi

Pause im Regen

Die schlechte Organisation und Information war unbeschreiblich. Wir erreichten die Grenze nach Bulgarien um circa 11 Uhr. Bis 18 Uhr standen wir ohne zu wissen was gespielt wurde. Die Zollbeamten der türkischen Grenze schlenderten über den Platz und unterhielten sich. Niemand hatte auch nur den Versuch gestartet, uns zu informieren.

Die Leute wurden zusehends nervöser. Es hatten sich bis zum Abend über 200 Autos auf dem Platz gesammelt. Wenn irgend jemand auf die Idee kam, sein Auto zu starten, rannten alle gleich los und starteten ebenfalls. Nur langsam erstarben die Motorgeräusche wieder. Aus Ungeduld hupte jemand. Und schon hatten wir ein Hupkonzert von über 200 Autos.

Gegen 18 Uhr wurde es dann ernst. Von der Absperrung bis zum Schlagbaum waren es 150 Meter. Wie di Besessenen rannte man ins Auto und raste mit hoher Geschwindigkeit auf den Schlagbaum zu. Jeder hatte Angst nicht mit dem Konvoi zu kommen. 80% aller Wagenbesitzer mussten sich zum normalen Stempel noch den Konvoistempel eintragen lassen. So entstand wieder eine Verzögerung von 1 Stunde. Auf der bulgarischen Seite wurden alle Autos wieder gesammelt und zu einem Konvoi zusammen gestellt. Ich sprach einen bulgarischen Grenzer in russisch an.

Wir verstanden uns prächtig. Er schimpfte auf die Türkei wie ein Rohrspatz.„Die Türken sind ein Packvolk. Sie sind unsauber, was sage ich, schmutzig sind sie. Man kann sie kaum anfassen." Ich merkte, dass die Bulgaren gar nicht gut auf die Türken zu sprechen waren.Besonders die Grenzer. Sie schirmten die Grenze zur Türkei mit vielen Wachposten ab. Er sagte, dass im Durchschnitt 10 Türken am Tag nach Bulgarien kommen, um als Gastarbeiter weiter nach Deutschland und andere Gastarbeiterländer zu gelangen.

Sonst interessierte es ihn nicht weiter. Ihn interessierte der Dienstschluss und sein Dienstende. Noch einen Monat, dann hatte er es geschafft. Zurück in die Zivilisation, wie er sich ausdrückte. Um 20 Uhr setzte sich der Konvoi endlich in Bewegung. Es hatte begonnen zu regnen. Wer seinen Tank nicht voll hatte, blieb unweigerlich auf der Strecke.

In 9 Stunden durchfuhren wir ganz Bulgarien und machten nur eine kleine Rast auf einem Parkplatz. Möglichkeiten einer Erfrischung, außer Regen, waren nicht gegeben. Gegen 4 Uhr morgens waren wir in Jugoslawien. Natürlich war nicht daran zu denken, ein Hotel zu bekommen. Wir fuhren noch bis Nis. Dann übermannte uns der Schlaf. Wir hielten und wickelten uns so gut es ging in unsere Decken ein und schliefen bis halb sieben. Ein Frühstück in Belgrad brachte uns wieder einigermaßen auf die Beine. Wir fuhren bis Zagreb. Um nicht einzuschla-fen fuhr jeder von uns nur 50 km und wurde durch den anderen abgelöst.

Gegen Mittag bekam ich eine Vorstellung von den gesottenen Preisen in Jugoslawien. An einer Autoraststätte kauften wir 2 Colas, 2 mal gebackenen Reis und ein Mineralwasser für 41 Dinar = 8 DM.

In Zagreb angekommen, waren wir nicht mehr so müde. Müde zwar schon noch, aber nicht um gleich ins Bett zu gehen. Wir kauften für den Abend Wurst, Wein und andere leckere Sachen.

Vor unserem Hotel befand sich ein ungarisches Restaurant. Wie für uns ge-schaffen. Wir hatten großen Hunger und bestellten ein riesiges Essen. Wir hatten kaum angefangen zu essen, als wir feststellten, dass unser Hunger doch nicht so große war. Und dann wurden wir sehr sehr schnell müde. Das Essen ließen wir fast ganz stehen und auch das Einkaufte rührten wir nicht mehr an und begaben uns auf schnellstem Weg ins Bett.

1.10.1993
Die Wohltat des Schlafes
Küss die Hände...

12 Stunden hatten wir geschlafen und waren um 6 Uhr 30 lebendig, gesund und ausgeruht. Eine wahre Wohltat für Leib und Seele. Wir machten einen kleinen Bummel über einen Obstmarkt. Einige Souvenierstände waren auch dabei und ich kaufte mir als Andenken zwei Holzflöten. Sehr schön geschnitzt. Sissi kaufte ich eine rote Rose. Wir hielten an einem Stand mit Holzwaren. Sehr festes und gut geschnitztes Holz hatten sie hier zu verkaufen. Als wir uns verabschiedeten, rief der Herr Sissi nach: „Küss die Hände, gnädige Frau!"

2.10.1973

Wieder zu Hause

Ich hatte heute keine Augen für die Landschaft. Die Landschaft, die mich interessierte, saß neben mir und steuerte ein Auto. München kam mir auf einmal sehr

fremd vor. Ich war so lange nicht mehr hier gewesen. Ich würde mich schon wieder eingewöhnen.

Wir fuhren zu mir. Die Sachen wurden ausgeladen und wir nahmen ein letztes gemeinsames Mal ein. Das Telefon klingelte. Sissi war ausgelassen.

„Hallo Manfred. Wir sind gerade angekommen. Was? Renate hat ihr Kind bekommen? Wenn du zum Krankenhaus kommst, bestelle dem Schwesterchen einen schönen Gruß … Ja … sonst geht es uns gut... Ja... wir haben viel erlebt...

Sissi hängte sich an meine Schulter und zupfte mich am Ohr.